DREAMBOOKS★

DREAMBOOKS★

DREAMBOOKS★

전생자

전생자 4

초판 1쇄 인쇄 2018년 6월 12일
초판 1쇄 발행 2018년 6월 27일

지은이 나민채
발행인 오영배
기획 박성인
책임편집 김다슬
일러스트 eunae
디자인 권지연
제작 조하늬

펴낸 곳 (주)삼양출판사 · 드림북스
주소 서울시 강북구 도봉로 173
대표 전화 02-980-2112 **팩스** 02-983-0660
편집부 전화 02-980-2116 **팩스** 02-983-8201
블로그 blog.naver.com/dreambookss
출판등록 1999년 3월 11일 제9-00046호

ISBN 979-11-283-9414-0 (04810) / 979-11-283-9410-2 (세트)

+ 이 도서의 국립중앙도서관 출판시도서목록(CIP)은 서지정보유통지원시스템홈페이지(http://seoji.nl.go.kr)와 국가자료공동목록시스템(http://www.nl.go.kr/kolisnet)에서 이용하실 수 있습니다. (CIP제어번호: 2018017600)

전생자
4
나민채 판타지 장편소설
ORIGINAL FANTASY STORY & ADVENTURE
dream
books
드림북스

목차

Chapter 1.

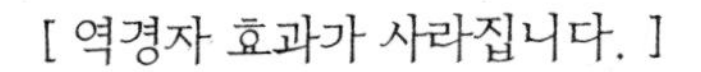

[역경자 효과가 사라집니다.]

그럼에도 비명이 터져 나오지 않는다.

내 부상을 우연희가 떠안아 버렸기 때문이었다.

그녀의 몰골은 나락개미 떼의 습격을 받은 듯이 변해 있었다.

온갖 살점들이 파먹혔다. 그녀의 피가 의복의 흡수율을 초과해 육안으로 확인되지 않는 섬유 틈 사이에서도 흘러나오고 있었다.

하물며 소매와 바지 밑단에서는 수도꼭지를 틀어 놓은

것처럼 붉은 물을 토해 내는 중이었다. 시퍼렇게 변했을 우연희의 얼굴은 피로 범벅되어 있었다.

얼굴 근육들이 미세하게 움직이는 게 보였다.

우연희는 아직도 정신을 잃지 않은 것이다.

차라리 정신을 잃어 버리는 편이 그녀에게는 행운일 텐데.

그러나 지금 그녀는 끔찍한 불행에 휩싸여 있었다. 고통뿐만이 아니다. 근육이 꿈틀댈 때마다 그녀의 생명이 사그라들고 있었다.

우연희는 사경을 헤매는 중이다.

"박스를 나중에 열겠다."

허공에 뇌까렸다.

[24시간이 지난 후까지 개봉하지 않을 시, 자동으로 개봉됩니다.]

시스템은 마치 마진콜을 알려 오는 증권회사처럼 대꾸했다.

[대상: 첼린저 박스 1개, 마스터 박스 1개, 다이아 박스 1개, 골드 박스 2개.]

보물 방에 놓고 온 우연희의 배낭을 뒤졌다. 지도를 확보한 다음부터는 무조건 달렸다.

선점해야 할 최초 타이틀을 다 확보한 데다가 모든 퀘스트도 끝낸 이상, 남겨진 방들에 미련을 둘 것도 없었다.

어쩐지 우연희의 무게가 줄어드는 것만 같은 느낌이었다. 피도, 영혼도 모두 빠져나가 버리면 남는 것이라곤 아무 쓸모없는 육신뿐이다.

"살려 준다. 내가! 그러니까 끝까지 버티란 말이다."

현실로 진입하는 푸른 막을 관통할 때였다.

[던전을 파괴하시겠습니까?]

"해!"

차원의 경계가 어떻게 사라지고, 계단은 또 어떻게 매몰되는지 따위를 구경할 틈이 없었다. 이미 수없이 봤었다.

드드드.

진동이 시작된 지대를 뒤로하고 가장 가까운 병실로 향했다.

병상에 우연희를 눕혔을 때.

메시지가 한 번 더 떴다.

[던전이 파괴되었습니다.]

[업적 '매몰시켜 버린'을 달성 하였습니다.]

[최초 달성 보상으로 특성 '차단자'를 획득 하였습니다.]

차단자는 무슨 염병할 차단자!

시스템은 내 품 안에서 숨이 넘어가는 우연희는 안중에도 없었다. 그때만큼은 내가 먼저 시스템을 차단해 버리고 싶었다.

제 피에 질식해 버리려던 그녀의 고개를 옆으로 돌렸다.

그녀의 입 안에 가득 차 있었던 피가 침상 위로 쏟아져 버린 것도 바로 그때였다.

젠장.

우연희는 이런 상황에 치닫게 되리라는 것을 모르지 않았다.

보스전까지 마리의 손길을 아껴 두라고 지시할 때마다 그녀는 꾸준히 상기해 왔을 것이다. 죽어 가는 자신을 말이다.

그런데 문제는 그녀의 체력 수치가 너무 낮다는 데 있었다.

F 등급의 20.

그녀 본인이, 사신의 멱살을 움켜쥐고 살려 달라고 애걸하기에는 너무도 저급한 수치.

이 정도까지 이른 상태에서는 대개 죽어 버렸다. 아마 우연희도…….

띠. 띠. 띠.

심전도 체크기의 박자가 느려지고 있었다.

혈압도 심박수도.

모든 수치가 죽음을 향해 달려가는 중이다.

아직 꺼지지 않은 뇌력(雷力)의 영향으로 모니터에 잔상이 생기려던 무렵.

띠—

[파티가 해제되었습니다.]

이윽고 우연희의 심장이 멎어 버리는 순간이 왔다.

빌어먹을 심장 제세동기는 우연희의 작은 몸을 들었다 놓으면서 피만 뿌려 댈 뿐이지, 아무런 효과가 없었다.

제세동기를 던져 버릴 때.

오딘의 분노 효과가 허공에서 튀었다. 뇌력 몇 줄기가 잠깐 생성됐다가 사그라든 것이다.

본시 이 스킬의 주인이었던 육선(六善) 녀석은 뇌력을 자유롭게 다뤘다.

녀석이 뇌력을 무기에 집중시키는 것보다 자신에게 직접

스킬을 적용하는 방법을 즐겨 사용했던 것도 그 때문이었다.

우연희의 가슴에 양손을 댔다.

이런 경우를 가정하고 연습해 온 횟수가 적지 않았다. 그러나 매번 실패했기에 심장 제세동기를 먼저 써 봤던 것이다. 하지만 현대 문물은 소용이 없었지.

고작 스킬 등급 F로 육선 녀석만큼을 바라는 게 아니다.

확실한 충격을 우연희의 심장에 전해 줄 정도면 만족한다. 제세동기보다 조금 더.

많은 것을 바라는 게 아니라 단지 그뿐이니까.

"그러니까 말 좀 들어!"

빠지직.

한 줄기의 뇌력.

빠지직. 빠지직—

정수리와 하반신 쪽, 위아래를 쓸고 온다는 느낌이 있었다.

그제야 깨달았다.

뇌력은 이런 느낌으로 움직이는 것이었다.

* * *

고비가 한 번 더 있었다.

그것을 끝으로 여섯 시간이 지났다.

한 번 더 심정지가 온다면 스킬 재사용 시간이 걸린 이상, 우연희를 구제할 방법은 없어 보였다.

그러나 다행인 것은 그녀의 지혈 작용이 끝났다는 것이다.

그래서 새로 옮긴 병상은 피 하나 묻지 않은 채로 창밖의 햇살을 받고 있었다. 아침은 진즉에 밝았고, 우연희의 파먹힌 상처들에서 온갖 뼈들이 드러나 있는 중이었다. 하지만 아주 느릿하게나마 채워지는 부분이 있었다.

그녀는 이번에도 살아남을 수 있을 것 같았다.

우연희가 눈을 떴다.

뭔가를 말하고 싶어 하는 그녀였다. 벌어진 입술에서 나오는 것이라고는 뭉개진 음절 하나, 바로 그 신음 소리였다.

"으."

그녀가 느끼고 있는 고통이 신음을 타고 전해져 왔다.

링거를 손봤다.

다행히도 우연희는 한층 편해진 얼굴로 다시 조용해졌다. 약을 기존의 것보다 더 강력한 것으로 교체했기 때문이었다.

"애송이……."

우연희의 얼굴 위로 지난 한 달가량 그녀가 보여 왔던 다양한 표정들이 생각났다.

그녀는 끝까지 인간성을 잃지 않았다. 그러되 조금씩 강해져 왔다.

살아남기 위해서 자연스럽게.

그렇지 않은가?

던전에서 우연희가 겪었던 성장이야말로 이상적이지 않았냐는 말이다.

진정 우리들의 힘이 절대자에서 나오는 것이라면.

그렇게 절대자라는 게 존재한다면.

자유 의지니.

악(惡)이란 사람과 사람 사이에서만 존재한다느니.

별 꼴 같지도 않은 소리를 지껄이도록 만들 게 아니라.

시작의 장에서부터 이상적인 방향으로 나아갈 수 있는 장치를 마련해 둠이 맞았다. 그럼에도 시작의 장이나 그 이후에서도 그따위 것들은 조금도 존재하지 않았다.

던전에서 우연희가 보여 줬던 모습들로 완전히 깨달았다.

사실, 지금까지도 팔선 녀석들의 주장을 은연중에 생각해 왔었지만 분명해져 버렸다.

더는 남은 의심이 없이.

티끌 하나까지도 사라진 것이다.
머릿속이 선명해지는 기분이다.

*　　　*　　　*

그렇다.
시스템은 그냥 시스템에 지나지 않는다.
그 이상, 그 이하도 아닌 그냥 시스템.
그 시스템에 기록된 누적 포인트는…….

[누적 포인트: 3420]

거기다 첼린저 박스, 마스터 박스, 다이아 박스 각 하나씩과 골드 박스 두 개를 획득하고 돌아왔다.
이것들 모두를 포인트로 환산하면.
자그마치 5,545,400포.
여기에 누적 포인트를 합산하면 5,548,820포.
감히 말하건대 이건 미쳐 버린 숫자였다.
F급 던전 따위에서는 절대 나올 수 있는 숫자가 아니다. 이런 숫자가 나오는 경우는 S급 던전과 그 정도 난이도의 게이트 전투밖에 없을 것이다.

당연하겠지만 첼린저 박스와 마스터 박스가 끼어 있기 때문에 그런 숫자가 되고 만 거였다.

최초 각성, 최초 던전 발견, 최초 던전 파괴 조건 달성, 최초 보스 몬스터 처치.

이 정도로 의미 있는 최초 타이틀로 더 남은 게 있을까?

E 등급 최초 진입 정도?

"……."

시작의 장과 게이트 전투까지 생각하면 더 있겠지만, 이 시절과 던전에서 이룰 수 있는 최초 타이틀 대부분은 획득한 것 같았다. 아마도.

그런 의미로 첼린저 박스와 마스터 박스에서 떠야 할 게 분명해졌다.

스킬 혹은 아이템!

그것이 소모성인 인장보다 우선이다.

어차피 골드 박스 이상에서는 지금의 능력치와 스킬 및 특성 등급으로는 관련 내용물이 뜨지 않을 터.

우연희를 한 번 더 확인해 본 후에 시작했다.

시스템이 내 부름에 응했다.

[마스터 박스를 개봉 하시겠습니까?]

마스터 박스의 외양은 그 이하 모든 박스들의 특징을 품고 있다.

브론즈, 실버, 골드, 플래티넘, 다이아.

다양한 빛의 테두리에 휘감겨진 박스가 눈앞으로 생성됐다.

그러고는 열리기 시작한다. 상자 틈으로 애간장 태우는 빛무리가 흘러나온다. 그것이 광선으로 변해서는 안 된다.

그냥 번쩍이기만 해라.

그렇게 스킬이 뜨는 것이다.

스킬!

빛 무리가 번뜩였다.

새삼 눈부셨으나 나는 두 눈을 부릅떴다.

노려보는 전방으로 메시지가 떴다.

[스킬 '가이아의 의지'를 획득 하였습니다.]

"가이아의…… 의지?"

바라던 종목이 뜬 건 맞다.

하지만 간절했던 바람에 조건을 하나 더 추가했어야 했다.

가이아의 의지는 익히 알고 있는 스킬이었다. 모를 수가 없다.

철갑이 브론즈 박스에서 나오는 탱킹 스킬 중 하나라면 가이아의 의지는 마스터 박스에서 나오는 탱킹 스킬이다.

두 스킬 간의 성장 잠재력은 극과 극으로 차원이 다르지만, 등급 자체가 똑같이 밑바닥인 상태에서는 크게 차이가 나지 않는다.

그래서 버프형인 오딘의 분노 대신.

보다 딜링에 가까운 스킬이 필요한 게 현 상황이란 것이다.

[스킬 '철갑'을 제거 하시겠습니까?]

[스킬 '철갑'이 제거 되었습니다.]

조금의 고민도 하지 않았다.

바로 날려 버렸다. 이래서야 탱커 쪽으로 굳어질 판국이지 않은가.

대망의 첼린저 박스 차례였다. 여기에서도 스킬이나 아이템이 뜨길 바라는 건 똑같다.

허나 스킬의 경우에는 탱커용은 사절.

스킬이 뜰 거라면 확실한 공격기!

재사용 시간이 짧은 그것이 필요하다.

[첼린저 박스를 개봉 하시겠습니까?]

"열어."

[첼린저 박스가 개봉됩니다.]

마지막이 될 수도 있는 첼린저 박스였다. 회귀한 이후로 얻은 첼린저 박스에서 띄운 것은 스킬인 오딘의 분노와 인장인 부활.

언제나 확률에서 오는 운발상의 일이다. 그래도 스킬과 인장이 한 번씩 떴으니 아이템 차례일 수도 있겠다는 생각이 뇌리를 빠르게 스쳤다.

만약 인장이 떠야만 한다면.

부디.

부활의 인장으로!

그때.

눈앞에서 환하고 아름다운 빛이 뿜어져 나오기 시작했다.

무엇이냐!

*　*　*

쾌재를 부르짖기보단, 넋을 놓고 바라보았다.

[스킬 '데비의 칼'을 획득 하였습니다.]

이것에 꿰뚫렸을 때를 어찌 잊을 수 있을까.

가슴에 꽉 채우고 있던 A급 인장 전부와 이윽고 거머쥐었던 S급 무기는 물론이고, 비밀 금고에 감춰 뒀던 마석들까지.

포인트를 제외한 전 재산을 치료 대가로 지불해야만 했다.

고작 한 방 맞은 대가는 너무나 잔인했다. 분명한 사실 하나는 충격 흡수 인장이 없었더라면 나는 여기까지 오지도 못했다는 것이다.

직격당한 즉시 온몸이 산산조각 나 버렸을 테지.

어쨌든.

일악을 일악으로 만들어 주었던 사기 특성은 역경자였다.

직접 취하고 보니 더 확실해졌다.

맞다.

역경자는 사기일 수밖에 없었다. 팔악팔선이 처음이자

마지막으로 힘을 합쳐야만 했던 때에 전 세계 모두가 그걸 실감했다.

당시는 일악도 반드시 죽을 수밖에 없던 마지막 순간이었다.

그랬던 놈이 상처 하나 없는 모습으로 부활해서는 일곱 제왕 중에 하나였던 대 악마를 단독으로 마무리 지었을 때.

전 세계가 받은 충격이란 상상을 초월하는 것이었다.

그 뒤는 당연했다.

일악은 명실상부 최고의 자리에 올랐다. 하지만 그런 일악조차도 일선을 상대하는 것만큼은 신중을 기하는 모습을 보였다.

왜?

일선의 주력 스킬인 '데비의 칼' 때문이었다.

대 악마.

칠마제(七魔帝)!

그 공포스런 존재가 게이트에서 최초로 나왔던 사건은 파장이 엄청났다.

S급 보스 몬스터들 위에 최상위층 보스 몬스터들이 따로 존재한다는 걸 알게 되었기 때문이기도 하지만.

팔악팔선들이 감춰 왔던 전력(全力)이 공개됐기 때문이

기도 했다.

그날의 녹화 영상들을 수없이 봤었다.

영상 전부는 망가진 화질에 뜬금없이 끊기기 일쑤였으나, 시간대별로 그것들을 이어 가고 또 팔악팔선 개개인에 초점을 맞춰 따로 편집하면서 다뤘었다.

일선을 처음 다뤘을 때는, 일악의 역경자를 알게 된 것만큼이나 충격적이었다.

그때까지만 해도 나는 일선이 리빌딩을 완전히 끝냈다고 판단할 수밖에 없었다. 놈에게서 발견했던 여덟 개의 스킬들이 모두 가공스러웠으니까.

스킬 전부를 S급 잠재력 스킬로 채우고, 등급까지 S로 끌어올렸다고?

8. 8. 8. 8.

특성도 인장도 스킬도 아이템도.

제한 개수는 여덟 개까지다.

하지만 영상에서 이상한 점을 발견했었다. 그의 스킬이 제한 개수를 초과하기 시작한 것이다. 그 스킬들이 아이템 효과가 아니라는 것을 파악하기까지 오랜 시간이 걸렸다. 그리고.

두 가지 가정에 이르렀다.

일선이 스킬 개수 제한 해제 방법을 알고 있거나.

혹은.

여러 개로 보였던 스킬이 사실은 하나의 스킬일지도 모른다는 것.

그로부터 더 많은 시간이 지난 후에 알게 됐다. 후자의 가정이 맞았다.

스킬, 데비의 칼은 변화가 무쌍했다.

하나의 스킬이면서도 하나가 아닌 것이 데비의 칼이었다.

사기 스킬이 틀림없었다.

*　　*　　*

사기 특성, 일악의 역경자.

사기 스킬, 일선의 데비의 칼.

두 개가 이제 내 수중에 다 들어왔으니 넋을 놓아 버린 것이었다.

[데비의 칼 (스킬)

효과: 날카로운 기운을 쏘아 보냅니다.

등급: F (0)

재사용 시간: 5분]

스킬 등급은 아직은 제일 밑.

그러나 등급을 올릴수록 다양한 스킬이라고 오해할 수밖에 없었던 비밀이 풀리게 되리라.

다음 목표는 역경자보다 데비의 칼이 되었다. 그러니까 잘 떠라!

이번에는 하위 박스 순으로 시작했다.

골드 박스부터.

[근력이 15 상승 하였습니다.]

[근력: E (15)]

골드 박스에서 올라야 할 수치치고는 낮은 편이다. 그런데 또 근력이라니.

다시 돌아온 과거에서부터는 근력이 중심이 되려 하나? 감각 대신?

두 번째 골드 박스.

[역경자가 81 상승 하였습니다.]

[역경자: F(89)]

브론즈 박스를 F, 실버 박스를 E, 골드 박스를 D, 플래티넘 박스를 C, 다이아 박스를 B, 마스터 박스를 A, 첼린저 박스를 S로 등급을 매겼을 때.

박스에서 관련 수치가 뜨는 경우는 현 등급의 두 단계 위까지다.

예컨대 특정 수치가 F등급일 때 관련 내용물이 뜨는 경우는 골드 박스까지란 것이다.

박스별로 최저 수치와 최대 수치 상승 폭은 당연히 다르다.

동 등급의 박스에서는 1에서 10까지.

한 단계 윗 등급의 박스에서는 11에서 40까지.

두 단계 윗 등급의 박스에서는 41에서 100까지의 주사위를 굴리는 것과 같다.

이 룰에서 단 한 번도 벗어난 적이 없었다. 아니, 그 룰에서 벗어나는 경우는 상위 박스의 내용물이 떴다고 봐 왔다.

즉.

첫 번째 골드 박스에서 근력 수치가 나왔을 때는, 현 근력이 E 등급이었다. 그래서 한 단계 높은 박스의 수준인 11에서 40까지의 주사위를.

두 번째 골드 박스에서 역경자 수치가 나왔을 때는, 현 역경자가 F 등급이었다. 그래서 두 단계 높은 박스의 수준인 41에서 100까지의 주사위를 굴린 셈이 된다.

자 이제.

다이아 박스 하나만 남았다

위의 룰에 입각하여 여기에서는 어떤 수치도 뜰 수 없다.

새로운 스킬, 인장, 아이템.

셋 중에 하나.

[다이아 박스를 개봉 하시겠습니까?]

F 등급 던전에서 이 박스를 열기 위해선 천오백 포인트짜리 보스전 퀘스트를 마흔다섯 번 완료하거나, 견졸 같은 단순 사냥만으로는 삼만 삼천칠백오십 개의 대가리가 필요하다.

박스 뚜껑의 다이아 테두리가 아름답게 반짝이는 것을 시작으로.

기분 좋은 빛깔들이 솟구쳐 나왔다.

[아이템 '지배의 반지'를 획득 하였습니다.]

내 손을 향해서 말이다.

[지배의 반지 (아이템)

효과: 등급 미만의 몬스터를 포획하여 대상을 위해 싸우게 합니다. 단, 보스전 퀘스트와 대전 퀘스트에 해당하는 몬스터는 제외됩니다.

등급: B

포획물: 없음

재사용 시간: 24시간]

"……나쁘지 않아."

지배의 링은 본 시대에서도 높은 가치에 거래되었던 물건이다.

세 가지 이유에서였다.

첫째로 소환 스킬 하나를 가지고 있는 것과 같은 효과를 가지고 있고, 둘째로 아이템 특성상 타인에게 양도가 가능하며.

셋째로 사용 즉시 몬스터 하나를 제거하고 시작하기에, 아이템 등급 대비 낮은 던전의 대(對)알람 몬스터용으로도 손색이 없기 때문이었다.

획득한 박스는 전부 열었다.

이제 남은 건 누적 포인트 3420포.

실버 박스 3개와 브론즈 박스 2개를 연다.

브론즈 박스 하나!

[체력이 4 상승 하였습니다.]

브론즈 박스 둘!

[민첩이 6 상승 하였습니다.]

둘 다 능력치. 아주 바람직한 상황이다.
다음 실버 박스 하나!

[민첩이 22 상승 하였습니다.]

또 능력치. 좋다. 이대로만 가자.
다음 실버 박스 둘!

[아이템 '활력의 귀걸이'를 획득 하였습니다.]

[활력의 귀걸이 (아이템)

효과: 일시적으로 체력을 한 등급 상승시킵니다.

등급: E

지속 시간: 5분

재사용 시간: 6일]

실버 박스에서 나올 수 있는 아이템 중에서는 상위권.

체력 E 등급 때까지 유용하게 사용할 수 있다.

만일 같은 등급의 강화의 인장을 확보한다면 강화를 시도해 볼 수도 있다.

운발이 먹힌다.

마지막 실버 박스 셋!

[스킬 '지진파'를 획득 하였습니다.]

[지진파 (스킬)

효과: 본인 주위의 지대에 소폭의 충격을 가합니다.

등급: F(0)

재사용 시간: 5분]

"음……."

흡사 역경자처럼 탱킹과 딜링, 양방향에 걸쳐 있는 스킬.

비록 리빌딩 때 제거될 스킬이긴 해도 당장 쓰기엔 괜찮아 보인다.

눈치챘겠지만, 스킬 개수가 늘어날수록 사기 스킬인 '데비의 칼'에 들어갈 수치를 뺏기는 격인 건 맞다. 그러나 저급한 현 능력치로는 오로지 데비의 칼과 역경자만 바라볼 수는 없는 게 현실이다.

이로써 모든 상자를 열었고 누적 포인트도 다 썼다.

최종 결과는?

"상태 창."

[이름: 나선후

체력: F (27) 근력: E (15)

민첩: F (43) 감각: F (25)

누적 포인트 : 120

특성(4) 스킬(5) 인장(1) 아이템(4)]

[특성 — 역경자: F (89) 괴력자: F (5) 탐험자: F (0)

차단자: F (0)]

[스킬 — 오딘의 분노: F (6) 데비의 칼: F (0)

가이아의 의지: F (0) 지진파: F (0) 개안: F (0)]

[인장 — 탈주(F)]

[아이템 — 지배의 반지(B) 속박의 메달(E)

활력의 귀걸이(E) 눈 먼 자들의 반지 (F)]

*　　*　　*

삼 일 후.

우연희는 아직도 엉망진창인 몰골이었다.

그런데도 더 이상은 옆에서 돌봐 줄 필요가 없어져 버렸다. 아주 느릿하게나마 운신이 가능해졌고 식사도 소화했다.

그녀가 가장 먼저 요구한 바는 소변 줄을 제거해 달라는 것이었다. 내 수발 없이 지금부터는 어떻게든 혼자 볼일을 보겠다는 뜻.

그녀의 요구대로 해 주었지만 이해할 수 없었다.

그녀의 부상은 심각하다. 아직은 움직이지 못하는 게 맞았다.

그런데 실제로 그녀는 혼자 화장실로 걸어가서 돌아오기까지 했다.

"성공했어."

우연희의 온 얼굴에 화장실에서의 고충이 쓰여 있었다.

목소리만큼은 밝았다.

던전 공략을 마치며, 그녀에게도 많은 박스가 떨어졌었다. 던전 파괴 조건 달성과 보스 몬스터 처치의 차순위는 여전히 잔존한 채.

그녀는 골드 박스 두 개와 플래티넘 박스 하나를 획득했다.

세 개 박스의 내용물은 아이템과 인장이 아니었다. 그런 것이었다면 그녀를 데리고 나오는 시점에서 알 수 있는 일이었다.

그녀의 박스들에서 뜬 것은 민첩 수치와 스킬 수치 그리고 새로운 스킬로, 그녀에게는 만족스러운 결과들이었다.

그렇기 때문에 역경자 상태의 나처럼, 엉망인 상태로 운신할 수 있다는 게 말이 안 된다는 것이다. 그녀가 박스를 띄우며 얻은 것들로는 현 상태를 설명할 수 없다.

"이제 돌아가 봐야지?"

개학이 바로 모레였다.

우연희가 물었다.

"돌아가는 길에 나도 같이 갈 수 있을까?"

"여기가 낫지 않겠어?"

"돌아가고 싶어."

"던전은 파괴됐다. 그것들이 기어 나올 일은 없단 말이다."

우연희의 두 눈이 동그래졌다.

"다행이다. 파괴할 수 있는 거였어."

그녀의 시선이 창밖으로 자연스럽게 향했다.

위화감이 대단한 콘크리트 장벽 너머로 아기자기한 전원 마을이 펼쳐져 있다.

거기를 하염없이 바라보던 그녀가 목소리를 냈다. 갑자기 생각났다는 투였다.

"부활자 특성에 대해 묻고 싶은 게 있어."

부활자?

그런 특성이 있었던가?

기억을 아무리 되짚어 봐도 떠오르는 게 없었다.

그때 우연희가 알아차린 것 같았다.

"네가 최초 아니었어? 너도 모르는 거라면……."

그녀의 목소리가 한층 더 커졌다. 아주 엄청난 발견을 하고 말았다는 듯이 말이다.

"우리 같은 사람들이 또 있나 봐!"

*　　*　　*

죽었다 살아났을 때 순간적으로 나타났다고 했다. 업적 달성과 각성자 차순위 보상에 대한 메시지들.

그때 우연희는 부활자 특성을 획득했다.

한편 서울로 올라가는 차 안에서 우연희는 조용하기만 했다.

자신의 강한 확신, 그러니까 우리 외에 다른 각성자가 존재한다는 것에 대해서도 묻지 않고 있었다.

특성을 폼으로 가지고 있는 게 아닐 뿐더러 눈치 또한 빠른 여자다.

우연희의 자취방에 도착했다. 그녀는 떠날 때와 조금도 달라지지 않은 제 방을 감격스럽게 바라보았다.

그러고는 이윽고.

떠나는 나를 향해 황급히 물었다.

"다음은 언제야?"

* * *

우연희는 속마음을 감추는 것쯤은 숙달되어 있었다.

그래서 재직 동안에 사춘기 남학생들의 불갈은 감정이 불현듯 끼어들 때뿐만 아니라, 학생들이 그녀 본인을 성적인 대상으로 바라본다는 걸 알게 된 사건이 터졌을 때에도.

겉으로나마 아무 일 없었던 것처럼 교직 생활을 유지할 수 있었다.

지금도 마찬가지였다.

우연희가 선후의 등에 대고 물었다. 의구심들을 감추며 태연하게.

"다음은 언제야?"

선후는 한 방 얻어맞은 얼굴이 되었다.

"그런 꼴로 잘도…… 다 나으면 계약에 걸린 숫자 얘기부터 하자."

"돈!"

"그래. 환장하는 그것을 어떻게 지급해야 탈이 안 날지, 아니다. 내가 알아서 하지. 상처 하나 없이 말끔해지면 전화해라. 사무실로 오든지. 그리고 네 신분증하고 도장 가져간다."

우연희는 문밖으로 사라지고 있는 선후의 뒷모습에서 눈을 뗄 수 없었다.

그녀의 시선은 다시 자신의 자취방으로 향했다.

선후가 깔아 둔 이부자리 옆으로, 텔레비전과 에어컨 리모컨 그리고 그가 직접 끓여 놓고 간 보리차 등이 보였다.

'상냥하고 속이 깊은 남자야.'

물론 선후는 무척 강인해서, 속조차 칼날로만 이루어진 게 아닌지 의심되던 순간이 없었던 건 아니다.

하지만 생사고락을 함께하며 점점 확신할 수 있었다.

선후가 겉만 그런 남자란 걸.

그가 냉철하게 굴었던 때들은 리더와 자신, 그렇게 파티 전원의 생존이 걸렸던 순간들뿐이었다. 당연히 그래야만 했던 순간들이었다.

때문에 우연희는 이해가 되지 않았다.

선후가 품고 있는 분노.

비단 또 다른 각성자들에 대해 언급했을 때뿐만이 아니었다.

선후는 정신을 잃었을 때에도, 무심결에 엄청난 분노를 전해 온 적이 있었다.

그런 걸 품고 있을 만한 남자가 아닌데.

단언컨대.

선후는 적이 없을 남자였다.

어떤 오해로 외부에서 원한을 지닐지언정, 그 스스로는 강한 적개심을 가질 만한 적이 없을 남자가 선후였다.

그런데 존재했었다!

자신이 언급했었던.

'우리 외의 다른 각성자들.'

던전에서 우연희는 선후가 싸우는 것을 뒤에서 지켜볼 수밖에 없었다.

그때마다 얼마나 절규했던가.

다른 사람들이 더 있다면!

자신처럼 싸움이 끝나길 마냥 기다리지 않아도 되는 사람들. 선후의 싸움을 직접적으로 도와줄 수 있는 사람들.

그런 사람들이 있다면 선후는 그렇게까지나 처절하지 않을 수 있었다.

그래서 우연희는 던전에서 살아 나가기만 한다면 선후에게 허락을 구해 볼 참이었다. 그런 자들을 직접 찾아볼 계획으로.

자신도 그랬으니까, 정신병원들을 돌면서. 그들에게도 자신이 받은 선후의 손길을 돌려주고 싶었다.

하지만…….

우연희는 힘겹게 누우며 중얼거렸다.

"하지만 찾으면 안 되는 거였어."

마주쳐서도 안 되고.

*　　　*　　　*

그로부터 열흘 뒤.

우연희가 나를 기다리고 있었다.

"여전하네."

그녀는 빙그레 웃어 보이는 걸로 시작했다. 몇 년 만에 만났다는 식이다.

한편 그녀는 비로소 각성자다운 피부 결을 되찾은 상태였다.

그녀가 내 앞에서 돌아 보였다. 마치 남자친구에게 신상 원피스를 자랑하는 여자처럼 느릿한 속도로.

보다시피 끔찍했던 상처들이 다 재생되었다는 것이다.

그때 세팅이 끝난 사무실 안이 보였다.

쌓여 있는 주요 일간지와 금융 정보지 그리고 프린트가 끝난 사설 레터들.

러시아발 금융 전쟁이 한창이던 당시와 같은 세팅이었다.

물론 전쟁이 끝났다고 해서 정보 취합을 게을리할 수 없긴 마찬가지였다.

러시아발 전쟁은 끝났지만, 거기서 파생된 새로운 전쟁이 월가를 중심으로 한창이기 때문이다.

즉.

러시아와 함께 침몰한 거대 헤지 펀드들과 금융 기관들을 놓고, 온갖 인수전들이 다양한 양상으로 진행 중에 있었다.

"다 나았군. 축하 파티를 기대하고 있겠지만……."

"아니야. 일 봐. 기다리고 있을게."

나는 우연희가 세팅해 놓은 자리로 향했다. 소파에 기대 테이블에 놓여 있는 정보지들을 확인하기 시작했다.

그러다.

인수전에 관한 기사를 발견했다.

「 조나단 인베스트먼트, 이번에는 LTCM 인수를 확정 짓다.」

거기에 첨부된 일러스트가 재밌다.

세 명의 거인이 벌거벗은 소인들을 내려다보고 있는 구도였으며. 세 거인 모두는 달러 표기가 박힌 링컨 모자를 쓰고 있었다. 그들의 배지에는 각각 조나단 인베스트먼트와 실버만, 골드오브아메리카(GOA)의 로고가 박혀 있었다.

세 거인은 한 손으로는 서로의 얼굴을 밀어 대고 있으면서도 시선과 남은 손짓만큼은 소인들에게 향하는 중이었다.

소인들은 부도 위기에 처한 헤지 펀드와 금융 기관들을 의인화한 것.

여기서 재미있다고 한 이유는 일러스트 작가의 직관적인 표현 때문이 아니다. 뉴욕 회사의 경쟁 상대가 실버만과 머건 그룹이라는 점이 그랬다.

실버만과 머건 그룹을 상대로 경쟁을 해?

기존의 과거에서는 있을 수 없는 일이지 않은가.

하지만 뉴욕 회사는 러시아발 금융 전쟁에서 그 정도까

지나 대성장을 해 버렸다.

회사 계좌에 엄청난 현금이 쌓여 있다. 그네들과 경쟁할 수 있을 만큼의 현금, 900억 달러.

모든 정보지를 빠르게 확인한 후, 금고로 향했다.

아버지께서 주신 소중한 부적 옆에 우연희에게 줄 서류 파일이 있었다. 이 서류 파일이 우연희의 목숨값이다.

"확인해 봐. 마음에 들지 않으면 다른 방식으로 바꿔 줄 테니까."

우연희가 서류들을 다 본 다음에 대답했다.

"받을 수 없어."

"돈으로 원해?"

"그런 게 아니란 거 알잖아. 이건 내가 받기로 한 것보다 너무 많아. 땅이며 건물이며 의료기계들 다."

그녀에게 준 것은 새희망 의료 법인의 완전한 지분이었다. 화성 던전의 병동 말이다.

본래 우연희에게 지급해야 할 금액은 던전 진입 5억, 생환 성공금 5억, 연봉 10억. 총 20억 원이었다.

그러나 서류에 적시된 법인 청산 가치는 그 이상이었고, 우연희는 그걸 언급하고 있는 것이었다.

"병동이야 던전의 위장막으로만 가치 있을 뿐이었지. 던전이 파괴된 이상 아무런 쓸모 짝도 없다. 적어도 나한테는, 하지만 너한테는 다를지도 모르지."

내가 말했다.

중학 교사의 초임 월급이 박봉이라지만 경제적으로 열약한 수준까지 떨어질 정도는 아니다.

그럼에도 우연희의 경제 사정은 몹시 나빴다. 월급 대부분이 어딘가로 빠져나가는 것인데 가족으로 가는 것도 아니었다.

그녀는 별의별 후원을 계속해 오고 있었다. 월급의 팔할을. 아마도 그녀가 겪어 왔던 인생사와 특성의 영향이 큰 것 같았다.

"알고 있었어?"

"뭘."

시치미를 뗐다. 그녀의 방을 몇 번이나 뒤져 봤다고 고백할 수는 없는 일이다.

"어쩔 거야?"

내가 되물었다.

"다 까먹을지도 몰라. 이렇게 큰 재산을 다뤄 본 적이 없어. 거기다 의료 법인이잖아. 수능을 다시 치기엔 머리가 굳었어."

하지만 그녀의 두 눈 깊숙한 곳부터, 조심스럽게 빛나는 게 있었다.

"실무에서는 사무장들의 역량이 중요한 법이지. 의료 법인도 비슷하다. 의사가 될 필요는 없어. 월급쟁이 의사들을 고용해야지. 법인 유지 조건인 의사 면허증이야 거기 첨부된 게 있으니까 그거 쓰면 될 테고."

"이 사람은 누구야? 양진원."

우연희가 의사 면허증 사본을 찾으며 말했다. 일주일 전까지만 해도 이 차명(借名) 앞으로 법인의 모든 재산이 들어가 있었다.

그러나 지금은 차명 속의 법인 지분 전부를 우연희의 명의로 돌리고, 토지 소유주도 전일에서 의료 법인으로 이전을 끝마친 상태.

현재 새희망 의료 법인의 주인은 우연희였다.

"뒤집어 봐."

우현희는 사본 뒷면에서 계좌번호를 발견했다.

"거기로 매달 500만 원씩 부쳐. 법인을 유지하겠다면."

구차한 설명을 붙이지 않아도, 우연희의 고개는 천천히 끄덕여지고 있었다.

"나머지 이사와 감사 8인도 볼 기회가 없을 거다. 해 보겠다면 그들의 신분증과 도장도 다 주지. 그러니까 마음 있어? 없어?"

"해 보고는 싶어. 그런데……."

그녀의 말을 중단시켰다.

그쯤에서 통장 하나를 더 꺼내와 그녀에게 내밀었다.

위 제안을 거절했을 때 그녀에게 돌려줄 물건이었다.

우연희는 새희망 법인 통장에 찍혀 있는 20억 원을 바라보았다. 그러고는 더 이해가 안 된다는 표정으로 나를 쳐다보기 시작했다.

"맨손으로 장사할 거야? 병동 쪽은 필요 없어졌으니까 폐기 처분하는 거고. 돈이야 주기로 했던 거고."

계속 말했다.

"다시 말하지만 서류상으로만 존재하는 자들은 신경 쓸 거 없다."

"이걸 도와주기엔 시간이 부족하지?"

"폐기 처분이라고 했잖아."

우연희에게 통장을 눈짓해 보였다.

"뭐해. 팔 아파."

어린아이에게 보검을 쥐여 준 것이나 다를 바 없는 격이다.

우연희도 그걸 모르지 않았다. 하고는 싶어 하지만 현실적으로 역량이 부족한 것은 물론, 의료 법인과는 조금도 접점이 없는 삶을 살아온 그녀였다.

통장을 테이블에 내려놓고 명함 하나를 꺼냈다.

우연희가 그것을 받았다. 그러고는 무엇을 뜻하는 명함인지 금방 알아차리고는, 갑자기 밝아진 얼굴로 고개를 들었다.

삼우 회계 법인의 회계사 명함이다.

"그 사람, 의료 법인 전문이고 업계 평판도 괜찮아. 그 사람한테 많이 배우면서 진행해. 직원 고용부터 운영, 하나부터 열까지."

"선후야?"

"참고로 비싸다. 돈 아깝다 생각 말고 제대로 된 업체를 써. 애먼 사기꾼한테 걸려서 돈 날려 먹기 전에."

"내 뜻대로 운영해도 돼?"

"이미 네 거야."

"비영리로 운영해도?"

"얼마나 유지할 수 있을지 모르겠다만, 말했지. 나는 거기에 신경 쓸 수도 없고 쓰고 싶지도 않다고. 날려 먹든 말든 네 마음대로 해. 지금부터는 네 거니까."

이게 우연희의 소망이었을 것이다. 안타까운 처지의 사람들을 돕는 것.

의료 법인이 수익을 내야 하는 구조인 것은 맞으나, 그것이 오로지 수익에만 집착해야 한다는 뜻은 아니었다. 하기에 따라서 비영리적인 시스템을 구축할 수도 있는 것이다.

많은 설명이 필요 없었다.

어차피 우연희도 교직 생활까지 했던 사회인이지 않은가.

우연희가 통장과 나를 번갈아 쳐다보았다. 통장을 집어서 그녀에게 내밀어 주자, 그제야 감격스럽게 받아 갔다.

"다음 던전도 들어가고 싶다는 거, 마음 안 바뀌었나?"

내가 물었다.

"너는?"

"뭘."

"지금도 던전이 직업 같은 거야? 나하고는 상관없이 계속해 나가겠지?"

"그런 것까지 신경 쓸 필요 없어. 네 생각이나 해."

"돈이 더 필요할 것 같아. 이런 거를…… 운영하려면 말이야."

우연희는 서류 파일로 시선을 옮겼다.

"그러니까 계약은 지금대로 유지하겠다? 전리품 대신 돈으로?"

우연희는 정말로 밝게 웃었다.

"앞으로도 잘 부탁해. 리더."

Chapter 2.

뉴욕의 증시가 한때 5% 이상 폭락했다.

세계 경제 위기로 치달을 수 있는 사안은 물론, 미 대통령의 성추문 스캔들로 그가 탄핵될 수 있다는 우려까지 더해졌다.

우리나라로서도 대현 그룹이 북한에 30만 톤의 쌀을 지원하며 나라 전체가 시끄러운 날.

반면에 공항은 한적했다.

제시카는 영국이 아닌 뉴욕에서 들어왔다.

미인은 눈길을 사기 마련.

사람들의 시선이 한 번씩 그녀에게 꽂혔다. 그녀는 첫 만

남에서의 촌티를 지운 모습이었다.

"오랜만이에요. 에단."

공항 레스토랑은 옛날보다도 손님이 더 없었다. 폐업이 가까워지는 음산한 분위기가 사업장 전체에 자욱하다. 거기에 제시카가 피워 올린 담배 연기가 추가되기 시작했다.

나도 그녀가 건넨 담배에 불을 붙였다.

제시카가 말했다.

"그렇지 않아도 다시 만나고 싶었어요. 그런데 한국이라니, 이건 뜻밖이네요."

"러시아발 금융 전쟁도, 월가의 인수전도 이 나라에서 시작됐습니다."

"제가 알아본 바로는 한국은 매력적인 시장이 아니에요. 매력적일 수는 있었죠. 전일이라는 신생 투자 회사와 이 나라 정권이 유착하기 전까지는요. 더군다나 신생 투자 회사는 매우 공격적일 뿐만 아니라, 자금도 풍부하더군요. 며칠 전만 해도 100억 달러를 더 투입했지요."

"이 나라에 관심이 많으시군요?"

"누군들 안 그렇겠어요. 에단의 말마따나, 이 나라에서 많은 게 시작됐어요. 그런데 에단. 한국에는 무슨 볼일로 계신 거죠?"

"제 얘기는 그만하죠."

"여기 분위기가 끔찍해서 나름대로 노력해 본다는 게, 지나쳤네요. 사과드릴게요."

"하지만 조용하죠. 긴히 말하기에는 이만한 곳이 없습니다."

제시카는 웃음 띤 얼굴로 고개를 끄덕였다.

거기에 대고 물었다.

"뉴욕에서는 어땠습니까?"

묻자마자, 제시카는 즐겁다는 듯이 대꾸했다.

"누군들 안 그랬겠어요. 모두가 그들을 동경하고, 그들처럼 되고 싶다 꿈꿨죠. 그래서 그들과 맞섰다는 게 실감이 들지도 않았어요. 하지만 인수 회의 때 그들의 절박하고 투쟁적인 모습을 직접 보니…… 어땠냐고요? 놀라운 경험이었죠."

부도 위기의 헤지 펀드와 금융 기관들을 말하고 있었다.

"우리가 인수한 펀드의 창립자 중에는 전임 대통령의 경제 고문도 속해 있었어요. 알고 계신가요?"

"랜드마크 캐피털 말이죠?"

"네."

제시카의 두 눈이 깊어졌다.

몇 달 동안 진행됐었던 금융 전쟁을 되짚어 보는 것 같았다.

우연희가 겪었던 던전에서의 한 달처럼 매 순간 목숨을

걸었던 것은 아니었겠으나.

그녀 본인에게는 큰 의미가 있던 나날들이었을 거다.

수천억 달러 규모의 총알들이 날아들던 전장을 바로 옆에서 목도할 수 있는 기회란 쉽게 오는 게 아니다.

스킬로 치자면.

개안(開眼)을 획득한 셈.

지금은 어둠을 밝히는 수준일 뿐이지만, 등급이 올라갈수록 더 많은 것들을 볼 수 있게 된다.

그녀의 수련생 시절이 끝났다고 판단한 건, 지난달에 들어와 있었던 한 통의 메일 때문이었다. 질리언이 보내온 메일이었다.

이번 금융 전쟁에서 보완했어야 할 부분들을 고백하는 식이었는데, 제시카의 머리에서 나온 것들이었다.

"이제 우리 얘기를 해 봅시다. 지난달, 질리언이 의견 하나를 냈습니다. 그는 제시카에게 데스크 한 팀을 맡기고 싶어 하더군요."

"제발, 아니었다고 해 주세요."

"예?"

"어디까지나 가정이고, 전황의 급변성 앞에는 무의미한 전략이었어요. 설마 제 보고서를 그들에게 보여 준 건 아니죠?"

"그들이라뇨."

"투자 시안을 작성한…… 디렉팅 부서 말이에요. 비웃음만 살 뿐이에요."

그러고는 바로 이어 붙였다.

"그들은 대체 누구죠? 아직도 그날의 충격을 잊을 수가 없어요. 그들이 작성한 투자 시안을 본 날 이후로, 며칠간 잠도 못 잤어요."

"이거 말이로군요."

그때쯤 새로운 투자 시안을 꺼내 보였다.

제시카는 손부터 뻗어 왔다. 그렇게 막상 집어 들긴 했으나 다시 내려놓으며.

그녀가 멋쩍은 미소를 지었다.

"봐도 됩니다. 그러라고 가져온 거니까."

정말이요?

그녀는 그런 기쁜 얼굴로 나를 쳐다보았다. 그러나 투자 시안을 펼쳐 보지는 않았다. 애타는 눈빛과는 상반된 행동이었다.

"질리언 보스가 저를 어떻게 평가 이상으로 부풀렸는지 모르겠지만, 에단의 고객분들은 실수하고 있는 거예요. 보스도 그랬죠. 이번 금융 전쟁에서 배운 것은 쓸모가 없을 거라고요. 저도 크게 공감하고 있어요."

역시 제시카는 머리가 잘 돌아가는 여자였다. 그녀는 투자 시안을 자신에게 직접 보여 준다는 게, 무슨 의미인지 모르지 않았다.

"저는 보스 아래에서 수습 과정을 더 밟아야 해요."

"질리언의 의견과는 다르군요."

"아니, 제 말은 맨 섬을 떠날 수 없다는 말이에요. 보스에게 배울 것들이 너무 많이 남았어요. 불과 몇 달 전까지만 해도 저는 전화 서기였어요. 그런데 갑자기…… 에단. 제가 멋대로 오해하고 있는 것은 아니겠죠?"

"제 고객분들의 판단이나 제 판단도 질리언과 같습니다. 하지만 강요할 수는 없죠. 제안을 더 들어 보시겠습니까?"

* * *

맨 섬의 자금도 인수전에 뛰어들어 있었다.

현재까지 맨 섬은 랜드마크 캐피탈을 위시해 대형 헤지 펀드 세 곳의 지배 지분을 인수했다.

헤지 펀드 창립자 세 명 중, 두 명의 경우에는 그들의 포트폴리오와 시스템 그리고 고객 자금을 고스란히 바치게 된 꼴이었지만.

제시카가 언급한 전(前) 미 대통령의 경제 고문은 달랐다. 그는 소량의 파트너 지분을 간신히 남기며 잔존하는 데 성공했다.

그 같은 자들은 회사가 파산 위기에 처한 것을, 오히려 투기 수단으로 삼았다.

현재 맨 섬과 뉴욕의 자금은 그러한 자들을 상대로 겨루고 있었다.

어떤 패배자들은 사설 업체가 아닌, 미 연준의 구제금융을 받고, 또 어떤 패배자들은 그들을 노리는 자금 앞에 가능한 이득을 남기는 데 성공하고, 그마저도 실패한 패배자들은 우리와 경쟁사들에게 모든 걸 빼앗겨 버렸다.

뉴욕의 인수전은 그런 전쟁이었다.

"우리 고객분들께서는 이참에 글로벌 자산 운용사를 가지고 싶어 하십니다."

제시카는 당연하다는 반응이었다. 인수전에 공격적으로 뛰어들라는 지시가 가리키는 바는, 결국 그것이었기 때문이다.

질리언이 그녀에게 어디까지 들려줬는지는 모르겠다만.

"인수전은 이제 시작 단계입니다. 독립 헤지 펀드뿐만 아니라, 다양한 펀드들을 보유한 투자 기관들도 협상 도마에 오르기 시작했죠."

"그렇죠."

"그것을 몇 개 묶을 계획입니다. 블루스톤 그룹 규모로."

"조나단 인베스트먼트도 같은 행보를 밟고 있다는 걸 알고 계시죠?"

"맨 섬과 뉴욕을 이어 준 게 바로 접니다. 그 사실까지는 듣지 못한 모양이군요."

"그래요?"

"조나단 인베스트먼트도 이번 전쟁에 있어서 승리의 주역입니다. 당연히 그들의 창고에도 현금이 엄청나게 쌓여 있죠. 그들과 경쟁하게 놔둘 순 없었습니다. 서로 비슷한 처지 아닙니까."

"맞아요. 보스는 조나단 인베스트먼트와 타협점을 잘 찾아가고 있었어요. 그게 에단 덕분이었군요……."

나를 향한 제시카의 시선이 새삼 달라졌다.

"지금 월가는 이 나라와 사정이 같습니다."

화마(火魔)가 닥쳤고.

밀림에서 살던 돈 많은 짐승들은 노릿하게 구워졌다. 거둬 가기만 하면 된다.

"시간이 지날수록 성과가 뚜렷해질 겁니다. 어쩌면 블루스톤 그룹을 뛰어넘는 자산 운용사로 확장될지도 모를 일이죠."

"놀라운 이야기지만, 믿을 수밖에요. 제가 보고 온 게 그것들이에요."

"우리 고객분들께서는 그 회사의 최고 경영자로 질리언을 낙점하였습니다. 질리언은 그렇게 맨 섬을 떠나게 될 겁니다. 그의 승낙만 남았죠."

"하지만 저는 남게 되는 건가요?"

"그냥 남는 게 아닙니다. 질리언의 보직을 제시카에게 승계할 생각입니다."

제시카는 담배를 한 대 더 물었다.

그러고는 말없이 담배 연기만 천천히 내뿜으며 하나를 응시했다. 테이블 위에 올려져 있는 새로운 투자 시안을.

담배가 다 타들어 가던 시점에 제시카가 투자 시안을 집어 들었다.

"과분한 제안이었어요. 하지만 다시 오지 않을 기회인 것은 맞는 것 같네요. 이걸 보고 결정해도 될까요? 목에 걸려 버릴지언정…… 참을 수 없네요."

"물론입니다."

마침내 제시카가 투자 시안을 펼쳤다.

그때부터 그녀는 레포트를 채점하는 교수 같아 보이기도 했다. 다양한 감정들이 그녀의 만면을 스치되, 결국엔 하나로 귀결됐다.

조금은 따분하다는 식으로.

"이거, 같은 부서에서 나온 게 맞나요?"

제시카가 물었다.

"무엇이 문제인가요?"

"제 기대하고는 많이 다르네요. 당시의 천재성이 보이질 않아요."

"같은 부서에서 나온 게 맞습니다. 그리고 반드시 따라야 할 절대 룰인 것도 맞습니다."

"이 뒤로 더 없나요?"

"뭘 기대하고 있는 건가요. 제시카. 이번에는 미국이 무너지기라도 바랐습니까?"

"제게 맡길 자금은요?"

"처음 맨 섬에 들어갔던 자금의 두 배입니다. 그 외 남은 수익금은 전부 기존의 대주주들에게 배당되거나, 신생 자산 운용사로 투자 이전될 겁니다."

그제야 제시카의 얼굴이 살짝 굳었다.

"300억 달러……."

"큰 자금입니다만 그렇게까지 어려운 과제가 아닙니다."

제시카도 공감하는 듯 고개를 끄덕였다.

"이번에도 룰은 같습니다. 투자 손실에 따른 책임이 없습니다."

"그러니까 저는 매집만 하면 되는 것이군요. 최대한 시세 상승을 누르며.”

“그러며 백여 명이 넘는 엘리트 매니저들을 선두 지휘해야 하는 겁니다. 어쩔 건가요? 맨 섬에 남겠습니까? 아니면 질리언을 따라가겠습니까? 지금 결정하지 않아도 됩니다. 충분한…….”

말이 채 끝나기도 전에.

“남을게요.”

제시카가 바로 대답했다.

*　　*　　*

새로운 투자 시안은 심플했다.

컴퓨터 보급률과 인터넷 보급망 등의 데이터들로 부풀릴 수도 있겠지만.

그러지 않았다.

어차피 지시부터가 간단했기 때문이다.

뉴욕 나스닥 시장의 주요 IT 종목을 매집하라.

지금은 98년 하반기.

그것에 닷컴(.com)만 붙어 있다면 눈을 감고 아무거나 찍어도 엄청난 수익이 된다.

애견 용품만 파는 업체가 닷컴을 붙였다는 이유만으로 2억 달러의 투자를 받고.

설사 IT 기업이 아니더라도 광섬유 부품을 파는 부서가 존재한다는 이유만으로, 그 기업의 가치는 40배 이상 폭등해 버린다.

비로소 꿈의 통신망이 대중들의 앞에 펼쳐진 시대다. 21세기에 대한 장밋빛 희망은 단순한 희망을 뛰어넘어 광적인 수준으로 폭발한다.

거품이 천장에 도달하기 전까지.

바야흐로.

원숭이도 수익을 내는 시대가 도래한 것이다.

*　*　*

닷컴 붐 당시 구골만큼은 특별히 덕을 본 게 없었다.

그때까지만 해도 그랬다.

그러나 결국 닷컴 버블이 터지며 닷컴 회사들이 연달아 무너졌던 이후부터는.

구골이 가장 큰 수혜자가 되었다.

실리콘 밸리의 뛰어난 실업자들.

그러니까 개발자들과 명석한 인재들을 흡수하는 것으로 세계 최대 기업이 될 수 있었던 원동력을 그때 확보할 수 있었던 것이다.

최근 월가의 사정이 당시와 많이 닮아 있었다.

러시아발 금융 전쟁의 여파로 헤지 펀드들과 투자 기관들이 도산 직전까지 몰리며 엘리트 매니저들이 길거리에 나앉기 직전이었다.

그러한 인력뿐만 아니라 자금과 풍부한 시스템까지 뉴욕 회사로 결집됐다.

그 결과.

뉴욕 회사는 인수전의 최대 수혜자로 몇 달간의 전쟁을 끝마쳤다.

*　　　*　　　*

98년 말, 겨울.

본사 빌딩 앞에는 곧 다가올 성탄절을 기념한 크리스마스트리가 놓여 있다.

거기에서 눈을 뗄 수 없었다.

상단의 반짝이는 별 그리고 나무를 따라 둘러진 램프들이 인수 합병하는 데 성공한 온갖 것들을 상징하는 것처럼 보였기 때문이다.

여기까지 파죽지세로 진격해 온 것이다.

단 일 년 반 만에.

"학교는 어떻게 하고 왔어?"

조나단이 물었다.

"방학했지."

조나단은 인상이 많이 바뀐 느낌이었다. 헤실거리며 나를 의식하던 표정이 없었다. 대신 반가운 미소로만 인사를 대신해 왔다.

그의 사무실은 우리나라였다면 축하 난이 쌓여 있겠지만 어느 로펌처럼 서류 더미만 가득했다. 그가 정리되지 않은 그것들에서 하나를 빼냈다.

"자. 이것부터 확인해 봐."

뉴욕 회사의 이사진 목록.

거기엔 유명 인사들의 이름들로 가득하다. 적어도 우리들에게 그 이름들은 초호화 블록버스터 무비의 캐스팅 목록이나 다를 바 없었다.

글로벌 헤지 펀드들의 창립자와 파트너들.

거대 에너지 회사의 전 CEO.

빅 4 은행 중 한 곳의 전임 은행장.

80년대 IMF 총재를 역임했던 독일인까지.

이 명단 그대로 세계 경제 콘퍼런스를 주최해도 손색이 없을 정도.

반면에 그걸 바라보는 조나단의 표정은 그리 편안하지 못했다.

그는 이 목록을 완성하기 위해서 지난 몇 달간 가장 치열하게 살아왔다. 그래서 조나단의 피부는 시간을 얻어맞은 것처럼 푸석해 보였다.

하지만 달라진 인상처럼, 눈빛에도 제법 날이 서 있는 게 기대했던 대로였다.

“상호명은 그대로 이어 가기로 했다. 그래서 조나단 투자 금융 그룹. 이사진들 모두가 이대로를 원하더군. 내 이름의 브랜드 가치가 어쩌고저쩌고 잘도 지껄여 댔었지. 패배자들 주제에 부끄러운 줄도 모르고.”

“이제 한 배를 탄 사람들이다.”

“말은 바로 해야지. 이것들이 우리 배에 올라탄 거야. 이 자식들은…… 하나같이 비열한 자식들뿐이야.”

단어 하나하나에서 그간의 스트레스가 묻어 나오고 있었다.

이사진들은 생존에 성공한 자들이었다.

누구는 자신들이 창립한 헤지 펀드와 함께, 또 누구는 도산한 투자 기관에서 탈출한 채로.

조나단에게 이들 이사진들은 우리에게 패배한 적장이며, 인수전에서는 그를 심각하게 괴롭혔던 스트레스 덩어리였지만.

본래 역사에서 그들은 러시아와 함께 침몰하지 않았다. 오랫동안 명성을 유지한다. 성공적인 은퇴를 하는 자들이 대부분이었다.

"이제 여기는 우리 둘이서만 몰던 나룻배 수준이 아니지. 뛰어난 항해사가 필요해. 가능한 많이."

세계 팔 대양을 휘젓고 다니려면 말이다.

"내가 이러는 것도 네 앞에서 만이야. 여기서 이럴 게 아니라 일단 나갈까? 봐. 눈이야. 더럽게 추워지고 있어."

그 짧은 사이에.

거리에는 눈이 내리고 있었다. 우리는 일부러 월가를 벗어났다.

성공한 엘리트들을 위한 상가들을 피해서였다. 그래서 우리가 찾은 곳은 뉴욕답지 않은 어느 골목, 작은 위스키 바였다.

손님이 몇 없고 재즈 음악이 흘러나오는 곳이었다. 한 병에 만 달러가 넘는 위스키와 와인 대신 이펀이 나았다.

월가의 살롱에서 자리를 잡았다가, 경제 토론회가 열렸을 것을 생각하면 끔찍한 일이다.

"이제 와서 미성년자처럼 굴진 않을 거지? 에단."

조나단이 내 주력 가명 하나를 언급하며 술병을 기울였다.

그가 물었다.

"질리언은 아무것도 모르지?"

나는 고개를 끄덕였다.

"들려줄 계획도 없고?"

"영원히."

"자, 일단 마시고 시작하자. 처음이네. 너와의 술자리는."

독한 위스키였다.

조나단은 그걸로 스트레스를 날려 버릴 심산인 것 같았다.

술이 조금 더 들어갔을 때.

그의 눈빛이 한결 풀어졌다.

그가 갑자기 생각났다는 듯이 희미하게 웃으며 말했다.

"역시, 코네티컷 퇴직 교사 연기금을 가져온 게 신의 한 수였지. 안 그래?"

30%의 성과 수수료를 제해도.

우리는 미 당국의 연기금 20억 달러를 77억 달러로 만들어 줬다.

아마도 미 당국의 수많은 연기금 부서들에서는 그때부터 우리를 고려했을 것이다.

최근 공무원들의 접근이 활발해졌다. 비단 미국인뿐일까. 일본과 캐나다 그리고 노르웨이 등 세계 각국의 공무원들도 바다를 건너왔다.

그들 모두는 뉴욕 회사의 인수 합병 과정을 예의 주시하고 있었다.

그러다 뉴욕 회사가 그룹 체계를 갖추던 날.

비로소 그들의 제안이 시작됐다.

자신들의 연기금을 운용해 달라고 말이다.

그 규모가 현재까지 무려 4천억 달러였다.

"앞으로 이사진 새끼들 인생에서는 크리스마스는 물론 그 어떤 휴일도 없을 거다."

조나단은 복수했다지만 씁쓸하게 웃어 버렸다.

그도 알고 있는 거다. 이사진들에게 평생 일할 분량의 일을 던져 준 것이, 그들에게 도리어 성공의 징표가 될 수 있었다.

뉴욕 그룹이 운용하는 자금은 한 나라의 경제 운명을 좌우할 수도 있는 금액. 자그마치 세계 자산의 흐름과 분배에 큰 영향을 끼칠 수 있는 금액이다.

조나단 투자 금융 그룹이 세계 무대에 본격적으로 진입

했다. 그리고 이 술자리는 그걸 기념하는 조그마한 축하연이었다.

병에 담긴 위스키가 반절 정도 줄어든 무렵. 우리 앞에는 자연스럽게 다음번 투자 시안이 놓여져 있었다.

"그룹 산하의 헤지 펀드들도 같이 움직이나?"

"아니. 하던 대로 내버려 둬. 어차피 그것들도 IT에 뛰어들 테지."

"하긴."

벌써부터 그럴 조짐이 시작되고 있다.

다음 세기에 대한 장밋빛 환상은 이미 95년도에 시작됐던 일이다. 그것이 지금부터는 그동안의 속도를 초월하여 더 빠르게, 더 많은 자금들이 뉴욕 증시의 IT 종목에 모여든다. 광적으로.

"그룹 산하의 헤지 펀드는 물론, 연기금 운용에도 개입하지 않을 거다. 이것들은 때가 되었을 때 우리의 지시를 따르기만 하면 돼."

가만히 놔둬도 우리보다 뛰어난 엘리트들이 평균 이상을 해낼 것이다. 사실이었다.

인수 합병한 헤지 펀드와 투자 기관의 엘리트들이 우리보다 못한 바는, 단지 시간을 역행해 본 경험이 없다는 것뿐이다. 계속 말했다.

"이것들도 손실을 복구해야 할 거 아냐. 우리의 부자 손님들 다 떨어져 나갔지?"

"처음에는. 최근에는 다시 되돌아오고 있다. 우리 그룹 아래로 합병된 차례대로. 하여간 돈 냄새는 기가 막히게들 맡지. 안 그래?"

"그럼 더 좋고. 다만."

"다만?"

가방에서 종이 하나를 꺼냈다.

"우리 순 재산만큼은 거기 적힌 기업들 주식에만 투입시켜."

조나단에게 종이, 그 리스트를 건네며 말했다.

"너도 정신없긴 마찬가지였지 않아? 언제 또 준비한 거야."

어차피 이름만 대면 누구라도 알 기업들이 대부분이긴 했다.

조나단은 리스트를 곱게 접어서 지갑 깊숙한 곳에 끼워 넣었다.

그가 약간 취기 섞인 목소리로 말했다.

"우리도 신(新)세기의 열성 팬이 될 시간이군."

"누군들 아니겠어. 하지만 광적인 투기가 천장까지 치닫기 전에 몸 빼낼 준비도 해 둬."

"그건 내가 체크하지. 뭐, 내가 하는 게 아니겠지만. 그게 그거잖아."

"월말 보고서는 꾸준히 보내. 진입하는 시점부터."

"일 얘기는 다 끝난 것 같지?"

"어느 정도."

"그럼 다시 퍼마셔 볼까."

"아니, 이쯤이면 적당한 것 같다."

"이제 시작이잖아."

"내일 미팅이 있어."

"또 어딜?"

"그렇지 않아도 그 건 때문에 온 거다. 내일 시간 비워 둬."

"재무부 부장관을 내치라고? 러시아가 어떻게 몰락하기 시작했는지 잘 아는 사람이 그래?"

"오전이야 오후야?"

"오후니까 퍼마시려고 폼 잡고 있는 거지."

"오늘은 간단히 하고, 네가 해야 할 일이 있다. 나는 못하고 너밖에 할 수 없는 일이지."

"말해 봐."

"스탠퍼드 대학생 두 명을 설득해 줘야겠어."

*　　*　　*

과연 언제 나서는 것이 그 둘의 회사에 최소한의 영향만 미치는 것인지…….

고민을 많이 했었다.

애초에 페이지랭크 기술을 팔기로 결심했을 때, 둘은 이 사업에 미련이 없었다. 둘의 계획은 기술을 팔아 박사 학위 공부에 전념하는 것이었다.

하지만 기술은 팔리지 않았고, 어쩔 수 없이 사업체를 꾸려 나가다가. 닷컴 거품과 세계 최대의 소프트웨어 회사에 독과점 문제가 발생했던 것을 기회로 비상하게 된다.

그들은 기업 공개를 하기 전까지 거대 투자 자본을 받지 않았다.

이왕 어쩔 수 없이 시작했다면, 자기들만의 자본으로 그 회사를 이끌어 나갈 목적이었을 것이다.

그렇다고.

기업 공개(IPO)까지 기다려야 할까?

기업 공개 당시, 월가의 전통적인 방식을 무시하고 민간 투자자들에게 많은 기회를 넘겼던 걸 생각해 보면 그 이전에 최대한 많은 지분을 확보해야만 했다.

아이러니한 점이 바로 그 때문이다.

선불리 개입하면 두 창립자는 박사 과정으로 돌아가 버린다. 그렇다고 개입하지 않으면 눈앞의 황금을 두고 날려 버리는 셈.

역시 조나단은 이해할 수 없다는 표정이었다.

"매입가가 백만 달러라면서. 그냥 사 버려."

"그걸 팔아서 번 돈으로 뭘 하려고 하겠어. 박사 과정이나 제대로 밟으려는 거지."

"그렇게 뛰어난 기술이면 왜 퇴짜만 맞고 돌아다니는 거냐."

"보는 눈들이 없는 거지."

사실은 다르다.

현존하는 검색 사이트들은 사용자를 늘리기 위한 가장 확실한 방법이, 검색 기술보다 마케팅에 있다는 걸 꾸준히 학습해 왔다. 그래서 사용자들이 그들의 사이트 안에서 모든 걸 해결할 수 있도록 다양한 콘텐츠를 종합시키는 구조가 굳어졌다. 그게 지금까지의 흐름.

"설득에 실패해선 안 돼. 무턱대고 사 버려도 안 되고. 알겠어?"

실패하면 검색 기술을 사 버린 다음.

둘의 기업이 밟았던 전철을 고스란히 따라갈 수밖에 없다.

최악의 경우에 말이다.

"이 둘에게 내 스토리가 먹히면 좋겠군."

"먹힐 거다."

"그래. 진실을 모르는 자들에겐, 내 스토리만큼 대단한 게 없지. 내일 오전 스탠퍼드 교내에서?"

"마음이 바뀌었어. 뉴욕 본사로 전장을 바꾼다. 연락은 내가 해 둘 테니까."

"진짜야? 전장이라 표현할 만큼? 그렇게나 이걸 가져야만 하겠어?"

나는 고개를 끄덕였다. 조나단은 생각 깊은 얼굴로 조용해졌다.

그러고는 마지막 남은 술잔을 넘겼을 때.

그가 새삼 달라진 눈빛을 번뜩였다.

"연필 깎아서 와. 그동안의 깜냥이 있는데, 대학원생 두 명는 정도는 요리해 줘야겠지. 그런데 구골이라는 뜻이 십의 백 제곱이라고?"

"그래."

"작명 센스 하나는 죽여주네. 그 숫자 끝에 달러만 붙이면……."

조나단은 말꼬리를 흐리며 나를 지그시 쳐다보았다.

*　*　*

나를 조나단의 보디가드쯤으로 생각했던 모양이다.

내가 초기 연락을 했었던 에단이라고 밝히자, 남자는 정말이냐고 되물어왔다.

"에단은 조나단 투자 금융 그룹의 사람이었군요."

"비슷합니다. 조나단의 업무를 사외(社外)에서 도와주고 있는 신세죠. 그나저나 실리콘 밸리가 아니라 월가라서 뜬금없진 않았습니까?"

"투자 금융 그룹에서 페이지랭크 기술을 어떻게 이용하려는지를 들을 수 있겠습니까? 재판매를 위해 매입하려는 것이라면……."

"그건 아닐 겁니다. 자세한 건 조나단과 직접 얘기하시고. 나머지 한 분께선 못 나오셨나요?"

"그 친구는 오늘 중요한 발표가 있습니다. 저 혼자로도 충분할 겁니다. 위임장과 필요한 서류들은 다 지참했으니까요."

남자는 차분한 반면, 월가를 떠들썩하게 만든 사람을 직접 만나게 된다는 기대감 또한 은연중에 드러내고 있었다.

곳곳으로 돌아가는 그의 눈동자가 그걸 보여 줬다. 현재 그의 시선은 자축 현수막에 꽂혀 있었다.

「 운용자산 5천억 달러 달성 」

“1년 반 만입니다.”

내가 말했다.

“예?”

“조나단이 여기까지 달성하는 데 걸린 시간 말입니다.”

“대단한 사람입니다. 5천억 달러라. 얼마큼이나 큰 금액인지 상상이 안 되는군요. 저와 동년배라는 것도 믿기지 않습니다.”

남자에게도 들려주고 싶었다.

당신이 팔고 싶어서 안달이 난 그 기술로 시작하는 회사 또한, 상상이 안 되다는 그 숫자 이상의 가치를 품게 될 거라고.

어쨌든 남자의 목소리에는 기대감이 슬슬 묻어 나오고 있었다. 지금까지 꾹 눌려 왔을 감정도, 빌딩의 들뜨고 번잡한 분위기 속에서 빠져나오는 것이다.

이래서 미팅 장소를 여기로 옮겼다.

“갑자기 미팅 장소를 옮겨서 당황스럽진 않으셨습니까? 처음에는 조나단이 캘리포니아까지 직접 가려고도 했습니다. 일정에서 착오를 발견하기 전까지는요.”

"조나단이 직접 말인가요? 이번 미팅 건 하나 때문에 말입니까?"

"저로서도 의외였습니다. 재무부 부장관과의 미팅을 취소하겠다는 걸 말려야만 했죠. 장소가 변경된 것은 제 탓입니다. 죄송하게 되었습니다."

남자는 놀라움을 금치 못했다.

재무부와의 긴밀한 약속까지 뒷전일 만큼, 자신의 기술에 그렇게 관심을 보이다니? 그런 감탄일 것이다.

"실제로 조나단은 어떤 사람인가요?"

"사석에서는 우리와 같습니다. 그리고 두 분은 말이 잘 통하실 것 같습니다. 어려워하지 마십시오."

"이번 거래가 어떻게 되든, 덕분에 좋은 경험을 하고 갈 수 있을 것 같습니다. 이런 기회를 주셔서 감사합니다. 에단."

"제가 드릴 말씀입니다. 들어가시죠. 조나단이 기다리고 있습니다."

그룹 비서실을 지나치고 있었다. 이미 언질이 있었기 때문에 비서는 우리에게 미소만 짓는 것으로 그쳤다.

먼저 걸어가 문을 열어 주었다. 열리는 문틈으로 조나단이 보였다.

여기서는 그가 보스 몬스터였다.

그는 견졸 떼 대신 서류 더미를 앞에 깔고, 단상 대신 의자에 앉아, 월가의 스타다운 환한 미소로 자리에서 일어서고 있었다.

조나단이 남자에게 악수부터 청했다.

"반갑습니다. 조나단입니다."

*　*　*

조나단과 악수를 하는 남자의 뒷모습에서 그의 당혹스러운 기분이 다 느껴질 정도였다.

남자는 실리콘 밸리를 돌며 관심 있어 할 만한 모든 기업들의 문을 두드려 왔다. 하지만 그에게 돌아왔던 것은 냉소뿐이었다.

그런데 오히려 월가에서. 그것도 조나단 투자 금융 그룹의 환대를 받게 될 줄이야. 그로서는 생각도 못했을 것이다.

남자가 자리에 앉으며 말했다.

"시간을 많이 뺏지는 않겠습니다. 우리가 개발한 검색 기술, 페이지 랭크에 대해서 간략하게 설명드리자면."

"웹 사이트의 중요도를 평가하는 산출 기법이지요? 이용자의 신뢰도에 따라서."

"그렇습니다."

남자의 목소리가 밝아졌다.

"저는 이 기회가 왜 제게까지 왔는지 이해가 되질 않습니다. 68년 작 혹성 탈출을 보신 적 있습니까?"

조나단이 물었다.

"명작이죠."

"영화 속 세상에서 우리 인류는 유인원들에게 지배를 받고 있죠. 말도 하지 못하고 지능은 덜떨어졌으며, 사실상 원숭이들의 가축으로 다뤄지고 있었습니다. 그런데 유인원들도 현 수준만큼 문명을 이루지 못한 건 마찬가지였습니다. 유인원도 가축 신세의 미래 인류도 모두 열등 문명의 상징이었죠."

그제야 남자는 조나단이 왜 그 이야기로 시작을 열었는지 눈치를 챈 것 같았다.

왜 모를까. 남자는 모를 리가 없었다.

APE.

그 유인원을 가리키는 단어이며 세계 최대의 다국적 포털 사이트인 기업명도 거기서 따왔다. 하물며 APE의 창립자는 남자와 동문 출신이기도 했다.

그때.

조나단의 시선이 내 쪽으로 돌려졌다. 남자의 시선도 함께 따라왔다.

"저 친구 에단은 사람 이름이 운명을 결정짓는다고 믿습니다. 기업명도 그렇겠죠. 이제 저는 그 말을 믿어 의심치 않습니다."

조나단은 입가에 미소를 띠었다.

"APE의 창립자들이 자신들을 유인원이라고 장난스럽게 낮춰 불렀을 때에는, 스스로 재미있는 조크라며 만족했을 겁니다."

조나단이 포문을 제대로 열고 있었다.

"APE가 지금까지는 제일 잘나가고 있는 거 압니다. 확보한 사용자가 있는 만큼 상승세도 쉽게 꺾이진 않을 겁니다. 하지만 장담컨대. 결국엔 유인원에 불과합니다. 보세요. 정말로 혹성 탈출에 나오는 유인원 같이 굴고 있지 않습니까. 왜 당신을 제 앞까지 오게 만든 거죠?"

"……어떻게 말씀드려야 할지 모르겠군요. 이렇게까지 우리들의 기술을 높게 평가하시다니, 진심으로 감사드립니다."

남자는 감격했다.

"감사는 제가 드려야 할 일입니다. 백만 달러라고 하셨습니까? 지금 당장 지급해 드리겠습니다. 계약서에 서명만 하시면 됩니다."

하지만 남자는 펜을 집지 않고 있었다. 조나단이 세계 최대의 포털 사이트를 흠집 내며, 그의 기술을 치켜세웠던 저의를 계산하는 것 같았다.

문득 조용해진 그가 핸드폰을 만지작거리기 시작했다. 그러며 시간을 끌었다.

"파트너가 있습니다. 저 혼자 결정할 수 있는 사안이 아닌 것 같습니다. 실례지만, 상의를 해 봐도 되겠습니까?"

그는 바로 직전까지 모든 결정권을 가지고 왔다고 했던 사람이다. 그런데 이제는 파트너와 상의를 해 봐야 한다는 것이었다.

조나단은 태연하게 대답했다.

"한 시간 후에 워싱턴으로 떠나야 합니다. 십 분 드리면 되겠습니까?"

"곧 돌아오겠습니다."

남자가 자리를 떠났다.

그리고 잠시 뒤.

그는 상기된 얼굴로 돌아왔다. 계약서와 수표는 이미 테이블에 올려져 그의 손길을 기다리고 있었다.

"파트너와 의견 차가 있었습니다. 파트너는 우리의 기술이 오백만 달러 이상의 가치가 충분하다고 여깁니다. 검토해 주시겠습니까?"

"검토는 됐습니다. 제 책을 읽어 보셨는지요?"

"예."

남자는 차마 그것까지 감추기에는 마음에 걸렸던 모양이다.

"오는 길에 봤습니다. 무척 인상 깊었습니다. 사실 파트너는 오늘 동석하지 못한 것을 많이 아쉬워했습니다. 우리 기술이 매각되면 매각금을 조나단의 투자 금융 그룹에 맡겨야겠다고 몇 번이나 말하기도 했습니다. 이번 제안이 들어오기 전, 몇 달 전부터 그래 왔죠."

"그럼 아시겠군요. 저는 전 재산을 두 번 걸었습니다. 운도 도박도 아니었습니다. 제게는 그 순간 보였으니까요. 사상 초유의 기회였고 계산은 정확했습니다. 두 번의 연달은 기회는 40만 달러를 수백억 달러로 만들어 줬습니다. 그리고 오늘이 제게는 세 번째 기회가 될 것 같군요."

조나단은 기존의 수표를 찢었다. 그러고는 새로운 수표를 작성했다.

공 일곱 개가 찍혀 있었다. 천만 달러짜리였다.

"그 금액이라면 파트너분도 납득할 겁니다. 두 배를 더 썼습니다."

남자는 놀란 시선으로 수표를 바라보았다.

그때부터. 가만히 있지 못하는 그의 두 다리가 의자 밑으로 보이기 시작했다. 리듬을 타듯 앞발을 깔짝이거나 괜한 바닥을 끄는 등으로 불안한 모습이었다. 그러던 두 다리의 움직임이 서서히 가라앉을 무렵.

남자의 목소리가 울렸다. 결의를 다진 듯한 목소리였다.

그때 나도 그가 어떻게 변심했는지 느낄 수 있었다.

"환대와 우리의 기술을 높게 평가해 주신 점, 진심으로 감사드립니다."

"이런. 마음이 바뀌셨군요."

조나단은 여전히 웃는 낯이긴 했다.

그러나 바뀐 남자의 목소리에 따라 조나단의 목소리 또한 냉기를 품고 있었다.

"똑같은 금액으로 한 장을 더 써 드리면 되겠습니까?"

조나단은 빠르게 수표 하나를 더 만들었다.

그러나 남자는 흔들리지 않았다. 그는 이미 마음을 굳혔다.

일어서려는 남자를 향해 조나단이 말했다.

"두 번의 잭팟 다음에 은행들과 내기를 했습니다."

남자는 다시 앉을 수밖에 없었다.

"합법적인 도박이나 다름없었죠. 모두가 비웃었습니다. 당시만 해도 우리 쪽이 이길 가능성은 없어 보였으니까요. 외부에서 보기에는 그랬습니다. 하지만 나는 아니었습니다. 확신이 있었단 말입니다. 난다 긴다 하는 세계의 명문 은행들을 상대로 말이죠. 그렇게 그날의 승리로 내 재산은 백억 달러 이상이 늘어났습니다."

그러나 조나단의 이야기는 거기서 끝나지 않았다. 한층 더 무거워진 어투였다.

실내의 분위기도 가라앉는 중이었다.

"그 후 또 한 번의 확신이 있었습니다. 이번에도 모두가 비웃을 일이었습니다. 러시아가 파산할 거라니, 보통의 상식선에선 이해가 되지 않을 일이었죠. 하지만 나는 전 재산을 한 번 더 걸었습니다."

"러시아발 금융 전쟁은 저도 잘 알고 있습니다."

"본래는 전쟁이라고 불릴 정도로 갈 일이 아니었습니다. 하지만 내가. 망할 거라 확신하는 러시아 국채를 10억 달러 치나 사면서까지 판돈을 키웠습니다. 미디어에서 붙인 '러시아발 금융 전쟁' 은 그렇게 발발됐습니다."

남자는 숨을 죽였다.

어투뿐만 아니라, 조나단의 눈빛이며 표정부터가 달라졌기 때문이었다.

더 이상 웃는 낯이 아니었다. 조나단의 얼굴은 싸늘하게 굳어 있었다. 그 얼굴로 남자를 똑바로 쳐다보며 말했다.

"전쟁이 끝나고, 내 재산은 900억 달러까지 불어나 있었습니다. 그때의 패배자들은 노벨 경제학상이다, IMF 전임 총재다, 하는 자들이었습니다. 그들이 유인원 같은 머저리라서 내 그룹 산하로 종속됐겠습니까? 천만에요."

비로소 남자는 직감한 것 같았다. 그가 팔걸이를 붙잡았다. 그대로 그것을 딛고 일어서야 하지만, 조나단이 먼저 일어났다.

남자도 조나단을 따라서 일어나며 서로 선 채로 마주 본 꼴이 되었다.

"나는 말입니다. 확신이 선다면 전 재산을 겁니다. 우리 같은 사람들에게 전 재산이란 목숨보다 가족보다 소중하다는 거 알 겁니다. 여긴 월가이지 않습니까."

"……."

"현재 운용할 수 있는 자금은 5천억 달러 이상까지 늘어나 있습니다. 미국과 캐나다 그리고 일본 등지에서 제발 맡아 달라고 떠안겨 주는 자금들. 그것들이 이 순간에도 계속 늘어나고 있단 말입니다."

그때 남자는 나를 쳐다보았다. 도와 달라는 눈빛이었으나 나는 그 시선을 외면했다.

조나단이 계속 말하고 있었다.

"자, 처음으로 돌아가 보죠. 간절히 원하는 물건일수록 속내를 내비치지 말아야 하는 게 당연합니다. 하지만 나는 그러지 않았습니다. 당신과 당신의 기술에 찬사를 아끼지 않았습니다. 당신들이 값을 올릴 것이나 종국에는 이렇게 마음이 바뀔 거라는 걸 예상하지 못했겠습니까? 그런데도 왜 그랬겠습니까."

"무슨 말씀을."

"당신은 저 문을 들어오기 전까진 기술을 팔 생각밖에 없었습니다. 지금은 어떻습니까? 내게 현혹되지 말고 현실을 봐 보세요."

"……."

"당신의 기술이 이천만 달러 이상의 가치가 있다고 생각됩니까? 저 문을 들어오기 전까지만 해도 백만 달러 이하였던 것을요? 왜 그렇게 가치가 뛰었을까요? 분명히 말씀드리는데, 문을 나가는 순간 다시 백만 달러 이하짜리입니다. 아니면 당신과 당신의 파트너가 내가 제시한 금액 이상의 가치를 창출해 낼 수 있을 거라는 확신이 듭니까? 그러시다면 지금 나가셔도 말리지 않습니다."

"말씀은 감사합니다만, 선을 넘고 계십니다."

"나가면서 내 경쟁자들이 그랬던 것처럼 나를 비웃어도 좋습니다만. 한 번쯤은 그들이 어떻게 됐는지도 돌이켜 보셨으면 합니다."

조나단은 비서를 불렀다. 그 순간만큼은 던전에 진입하

던 시절처럼 말했다.

"재무부 부장관과의 미팅은 취소해. 더 급한 일이 생겼으니까 적당히 둘러대고."

더 급한 일!

그 한마디에 남자는 엄청난 충격을 받은 표정이었다. 무슨 상상을 했든지 간에 결코 좋은 상상은 아니었을 것이다.

"좋은 만남이었습니다. 이만 돌아가 보셔도 좋습니다."

"이런 법은 없습니다. 나를, 나를……."

아마도 남자가 덧붙이고 싶었던 말은 '나를 협박하고 있습니다.' 정도일 것이다.

하지만 그 말을 꺼내 버리는 순간, 진짜 협박이 되어 버리고 만다. 유식한 남자는 세상 돌아가는 이치를 너무도 잘 알고 있는 것 같았다.

"월가에서는 나를 '투자의 신' 이라고 부릅니다. 그런 내가 당신과 당신의 파트너, 그리고 당신의 기술에 내 모든 걸 걸었다는 겁니다. 나는 당신들에게 전력을 다할 겁니다. 마지막으로 분명히 말씀드리죠."

마무리 지을 순간이었다. 나는 속으로 숫자를 셌다.

3, 2, 1…….

조나단이 단호하게 말했다.

"오늘이 끝이 아닙니다. 당신은 나를 다시 찾아올 수밖에 없을 겁니다. 서로 전 재산을 걸고 내기해도 좋습니다."

"세상에. 여기에서 벌어지고 있는 모든 일들이…… 진짜로 믿기지가 않는군요. 당신은 조나단입니다. 왜 이렇게까지 하는 겁니까."

조나단은 대답해 주지 않았다. 대신 남자가 나갈 수 있도록 문을 열어 주었다.

바로 그때였다.

남자가 대뜸 수표를 집어 든 것은.

짧은 시간이었지만 그 과정이 내게는 너무도 잘 보였다. 남자의 표정이 빠르게 변했었다. 전장에 홀로 섰던 어느 병사의 얼굴처럼.

남자가 말했다.

"이 상황을 최대한 긍정적으로 받아들이도록 노력하고 있습니다. 그러니까 50:50입니다. 하지만 우리 쪽의 50은 경영권이 보장된 50입니다."

그러고는 수표를 집지 않은 반대편 손으로, 조나단에게 악수를 청했다.

조나단은 그 손을 바로 잡지 않았다. 고심하는 듯.

조나단이 남자의 손을 바라보고 있는 동안, 남자는 복잡한 표정이었다.

마침내 남자가 말했다.

"이 정도는 양보해 주셔야만 합니다. 정말로 우리들과 우리들의 기술에 그렇게까지 열성적이시라면 그래야만 합니다."

비로소였다.

"오늘 무례를 사과드리겠습니다."

"저 또한."

조나단과 남자의 손이 포개졌다. 남자는 정말로 진이 다 빠진 듯한 얼굴이었다.

조나단이 말했다.

"그리고 운명은 이름을 따라간다는 말. 믿어 보세요. 구골은 반드시 그렇게 될 겁니다."

남자가 아닌, 그의 어깨너머로 나를 바라보면서 말이다.

순간이나마.

야수였던 시절의 모습이 그의 얼굴 위로 겹쳐 보였다.

*　　*　　*

"많은 돈이 들어왔다고 해서 기존의 대형 웹 사이트들을 따라 해서는 안 됩니다. 페이지랭크 기술에서 얻은 확신은, 검색 그 자체에만 있었습니다. 제가 요구하는 바는 두 가지입니다."

조나단이 말했다.

"첫째로 오로지 검색만을 위한 단순 텍스트 기반 디자인을 유지할 것, 둘째로 인수 합병에 관한 부분에는 상호 동의가 있어야 할 것. 이 두 가지만 승낙하신다면 그 외 경영권에 관해서는 전부 넘겨 드리겠습니다."

모든 서류가 완비되어 있었다.

이 사무실에서 느꼈을 남자의 공포는, 조나단과 새로운 사업에 대한 비전을 이야기하면서 빠르게 지워져 나갔다.

계약이 마무리됐다.

"파트너와 축하 파티를 열겠죠? 백만장자가 된 기념으로요."

"물론 그래야죠."

남자가 대답했다.

"기다려 봐도 되겠습니까? 그때는 투자사의 경영인으로서가 아니라 동년배의 친구로 참석하고 싶습니다. 파트너분도 뵙고 싶고요. 그래도 될까요?"

"물론요. 제 파트너에게도 이 소식을 빨리 들려주고 싶군요."

적어도 남자는 나갈 때만큼은 웃으며 나갈 수 있었다.

그때. 조나단의 미소도 싹 지워졌다.

"'세상에. 진짜로 믿기지가 않는군요.'는 무슨. 내가 할 말이었다. 2천만 달러나 가져갔어. 저 머저리는 정말로 2천만 달러를 거절할 생각이었단 말이야. 컴퓨터 괴짜들이란…….”

역사는 또 바뀌었다.

구골은 차고가 아닌 실리콘 밸리에 제대로 된 사무실을 갖추고 시작할 것이다. 또한 닷컴 버블이 터진 후가 아니라, 지금부터 그들이 원하는 인재상을 영입해 나갈 것이다.

물론 당장 기록적인 성장세를 기록할 순 없을 것이다.

맞춰져야 하는 퍼즐 조각들이 있다. 닷컴 버블, 독과점, 대형 기업들의 광고 전략이 텔레비전에서 인터넷으로 옮겨지는 시기까지.

하지만 풍부한 자금으로 비축해 둔 전력은 퍼즐이 다 짜 맞춰지는 시점에서 폭발할 것이다.

조나단이 말했다. 나를 빤히 응시하면서였다.

“하긴. 네가 브라이언 김을 보내왔을 때도 이랬었지.”

나는 통장 하나와 비밀번호가 적힌 종이를 꺼냈다.

“주식회사 유니콘?”

조나단이 통장을 확인하며 되물었다.

유니콘은 러시아발 금융 전쟁에서 특수 임무를 성공한 병사다. 행운의 상징이기도 한 그것으로, 지금까지 유보되었던 IT 기업 하나를 더 인수해야 한다.

소프트웨어 및 데이터 기업.

"곧 IT 종목 전체가 랠리를 시작할 거다. 프리딕트를 언제까지 가만히 놔둘 순 없지. 늦기 전에 이것까지는 먹어둬야 돼. 공격적 인수 합병이든 인수 거래든."

"주식회사 유니콘의 명의로 말이지?"

"두말하면 잔소리."

"이건 이사진에게 못 시켜 먹겠구만. 내가 직접 해야 한다는 건데, 그것도 유니콘의 이름으로."

"지금까지 사귀어 둔 친구들 있을 거 아냐."

"너가 오면 일거리만 늘어나지만…… 그래. 돈도 늘어나지."

조나단은 피식 웃으며 자리에서 일어났다.

그가 외투를 걸치기 시작했다. 재무부 부장관과의 약속에 늦지 않으려면 지금 바로 출발해야 할 시간이었다. 이미 비서의 그림자가 사무실 문 창밖에서 어른거리고 있었다.

"썬. 어제 못다 한 거 마저 이어야지. 내빼진 않겠지?"

"다녀오기나 해."

"으아. 가기 싫다. 뻔한 소리, 뻔한 시선. 꼭 안 만나 봐도 벌써 들리고 보여."

미 재무부에서 조나단을 부르는 이유는 다른 게 아니었다.

조나단 투자 금융 그룹이 5천억 달러나 되는 자산을 운용하게 된 만큼, 미 재무부에서는 그들의 영향력이 여기에도 뻗치길 바라고 있다.

노크 소리가 들렸다. 그의 비서였다.

"이사진들은 먼저 출발했습니다. 대표 이사님도 지금 출발하셔야 됩니다."

"좀 기다리세요. 내가 놉니까? 지금 옷 입고 있는 거 안 보여요?"

조나단은 문이 다시 닫히길 기다렸다가 말했다.

"당국에서는 우리가 은행업으로 진출하길 원하지 않아. 은행의 은 자도 꺼내지 않았는데, 혼자 제 발 저려서 저 지랄들이지."

그렇게 나를 응시하는 조나단이었다.

나도 은행의 은 자는 조나단에게조차 꺼낸 바가 없다. 하지만 조나단은 내가 원하는 게 무엇인지 오래전부터 눈치챈 모양이었다.

조나단이 내 지시를 기다리고 있었다. 그러며 한마디 덧붙여 왔다.

"강하게 나갈 수 있어. 이제 우리는 그래도 돼. 말해 봐. 내가 어떻게 했으면 좋겠어?"

아직은 발톱을 드러낼 때가 아니다.

"재무부에서 스스로 바치게 되는 날이 있을 거다. 잠자코 연기금만 받아 와."

"넌 진짜…… 어디까지 보고 있는 건지 나 같이 우매한 사람은 쫓아갈 수가 없다. 좋아. 나도 슬슬 재미있어지려 하니까. 다녀오지. 오늘 밤 잊지 마라. 서울로 튀어 버리면 나 정말 화날 거다."

Chapter 3.

어제부터 시작된 눈발이 더 거세졌다.

지금 이 시각, 놈은 어디에서 뭘 하고 있을까. 어쩌면 놈도 똑같은 눈발을 맞고 있을 텐데.

단언컨대.

놈은 시작의 장 때문에 사이코가 된 게 아니었다. 그 전부터 사이코였다.

팔악팔선 중 다른 놈들은 다 제쳐 두고 놈부터 찾아 헤매는 이유가 거기에 있었다. 시스템을 거부한다고 해서 악이라 불렸지만, 놈을 표현하는 데 그렇게 절묘한 단어가 따로 없었다.

일악(一惡).

놈의 행방은 아직도 묘연하다.

민간 조사 업체를 찾았다. 어쩐지 ZOPI 그룹의 존 클락은 나를 몹시 기다린 듯 보였다.

그래야 했을 것이다. 여기에 지불하고 있는 돈으로 보건대 아마 내가 제일 큰 고객일 테니까.

"지금까지 고객님께 천오백 건의 사진을 보내 드렸습니다."

그러면서 그는 그동안 자신들이 얼마나 전력을 다해 왔는지 설명했다. 나도 인정하는 바였다. 그들은 할 수 있는 것들을 다 하고 있는 중이다. 단 하나만 빼고 말이다.

내가 말했다.

"탈선했을 가능성이 높습니다. 이 소년은 부모도 없고 형제도 없죠."

"하지만 청소년 교도소라면 우리 영역 밖입니다. 우리 그룹에는 법원 데이터베이스에 접근할 수 있는 권한이 없습니다."

"고아원을 대상으로 실종된 아이들부터 시작해 보는 게 어떻겠습니까."

"조사 범위는?"

“기존과 같습니다. 뉴욕을 중심으로 인근 주, 그러고도 찾질 못하면 그 인근 주의 인근 주까지. 기존에도 말씀드렸습니다. 비용은 아무래도 좋다고 말이죠. 찾아만 주시죠.”

이 말만을 기다렸던 걸까.

존 클락이 자리에서 일어났다. 그가 사무실 문을 잠갔다. 적대적이거나 경계 섞인 눈빛은 아니었다. 오히려 신중을 기하는 모습이었다.

그가 말했다.

“외람된 말이지만, 주신 명함를 쫓아 에단의 신탁 회사를 찾아본 적이 있었습니다. 급히 보고해야 할 건이 있었던 때였습니다.”

그는 화성 던전에 들어갔었던 한 달을 말하고 있었다.

“전화도, 직원도 없었을 겁니다. 한데 그게 무슨 비밀이라도 된답니까?”

여긴 월가다. 서류상으로만 존재하는 유령 회사들 따윈 도처에 깔려 있다.

“당연히 불쾌하실 수 있습니다. 하지만 우리도 변호사들처럼 일한다는 걸 알아주셨으면 합니다. 의뢰인들의 비밀은 끝까지 안고 간다는 점에서 말이죠. 의뢰인을 조사해서도 안 되는 일이었지만 말씀드렸다시피 업무상 어쩔 수 없는 일이었습니다.”

그가 보이기 시작한 눈빛은 월가에서 흔히 찾아볼 수 있는 눈빛이었다.

질펀한 돈 냄새를 맡았을 때. 혹은 승패를 확신할 수 없으면서도 막대한 투자금을 밀어 넣었을 때. 저런 조마조마한 눈빛을 띤다. 아마도 그는 월가의 뒤치다꺼리를 하면서 보아 온 숫자들을 떠올리는 것 같았다.

점점 이 남자가 흥미로워지고 있었다.

"사설이 깁니다."

"에단을 처음 본 순간 알 수 있었죠. 저와 같은 냄새가 난다는 거 아십니까? 아아. 분위기 말입니다."

그는 확신하고 있었다.

"에단의 상사를 긴히 만나 보고 싶습니다."

이거였다.

그는 지금 일탈을 꿈꾸고 있었다. 민간 조사원 ZOPI 그룹의 파트너가 아닌, 큰돈 냄새를 맡은 전역 군인 존 클락으로.

내게서 기다리고 있던 대답이 들려오지 않자, 그가 변명하듯이 말했다.

"ZOPI 그룹에서는 법원 데이터에 접근할 수 없습니다. 다른 업체에서도 그런 서비스를 찾아볼 수 없으실 겁니다. 하지만 방법이 없는 건 아닙니다. 법외(法外)에서라면……."

"제 상사를 만나 보고 싶은 이유가 그 때문이군요."

"예. 제가 드릴 수 있는 서비스를 자세히 설명드리고 싶습니다."

"그런 것이라면 제 상사를 만날 필요까지는 없습니다. 무슨 말씀인지는 알겠습니다. 의도하는 바도 물론입니다."

눈앞의 남자는 이 그룹에서 독립하고 싶어 한다. 돈이 넘쳐 나는 스폰서를 잡고 싶어 한다.

누군들 안 그럴까. 특히 월가에서 굴러다니는 큰 자본들을 단지 구경만 해 왔던 사람이라면…….

그러니까 이런 분류의 사람들을 가리켜 우리가 부르는 말이 있다.

돈만 주면 무엇이든 하는 자들. 청소부.

"월가의 뒷골목에 계시다 보니, 월가인이 다 되셨군요."

"칭찬으로 받겠습니다."

그는 자신의 이력과 직장을 걸고 있었다. 내가 그의 제안을 받아들이면 그는 크게 따지만, 거절하고 소속 그룹에 고발할 경우라면 그는 모든 걸 잃게 되는 구조다.

"이후로 다른 서비스들 역시 기대해도 되겠습니까?"

구태여 세밀한 것까지 언급할 필요는 없었다. 그부터가 제시하고 있었다. 법 테두리 밖에서도 일하겠다고.

존이 그렇다고 대답했다.

"ZOPI 그룹에 맡겼던 건은 해지해야겠군요. 해지 서류를 가져다주시죠."

아!

그의 만면에서 됐어! 라는 종소리가 울리는 것만 같았다.

"그리고 존도 준비되시는 대로 견적 따로 올려 주십시오. 특별 집행비는 자세하게 다룰 것 없이 액수만 써 넣으시면 됩니다. 필요한 만큼 얼마든지."

월가는 특별하다.

그렇게. 한때 나라를 위해 싸웠던 군인이 스스로 청소부가 되겠다고 자처해야 할 만큼, 특별한 돈들이 굴러다니는 곳이 아니던가.

"앞으로 잘해 봅시다. 존."

* * *

그 의뢰에 붙인 코드명은 블랙 코브라였다.

블랙 코브라는 ZOPI 그룹에서 손님들에게 그룹 홍보를 할 때 제일 먼저 예시를 들곤 하는 대단한 작품이었다.

블랙 코브라의 의뢰인은 유명한 은행이었고 조사 대상은 대형 유통 회사였다. 의뢰자인 은행은 그 유통 회사의 최대 주주였으며 그들의 자산이 안전한지를 확인하고 싶어 했다.

존 클락이 ZOPI 그룹으로 들어온 후 처음 맡은 건수였다.

그런데 차라리 걸프전에서 이라크 군인들을 상대했던 게 더 쉬웠다. 소총 대신 펜대를 잡는 일이 많아졌다.

그것까지는 그룹에서 붙여 준 회계사들과 함께 어떻게든 해 볼 수 있었으나.

정말 참지 못했던 사건은 의뢰를 성공한 뒤에 터졌다.

회계사들과 그룹 임원들이 그의 성과를 칭찬했지만, 존 클락의 회의감은 점점 커져만 갔다. 빌어먹을 수십억 달러를 아껴 준 셈이었다. 그런데도 자신에게 돌아온 것이라곤 몇천 달러짜리 수표 한 장이 전부였으니까.

합법과 불법의 경계선을 넘나들었던 대가치고는 정말로 엿 같았다. 사설 군사 업체들의 손짓에도 불구하고 월가의 민간 조사원이 되었던 계기를 떠올려 보면, 솔직히 멍청하게 속아 넘어갔다는 느낌이 강했다.

그날부터 그는 독립할 기회만 엿봤다. 그것도 여의치 않는다면 사설 군사 업체로 들어가려고 했다.

그런데 2년이 넘도록 월가에 잔존해 있었다.

이유는 다른 게 아니었다.

양복 입은 의뢰자들의 입에서 흘러나오는 숫자, 서류에서 오고 가는 숫자. 한 방 한 방에 몇천만, 몇억 달러의 숫자가 눈앞에서 핑핑 돌아다녔다.

그 숫자들이 본인의 재산은 아니었지만 월가에 붙어 있

기만 한다면 언젠가는.

그래, 언젠가는…….

그렇게 중얼거려 온 지 2년이 지나가던 어느 날.

존 클락은 그날도 의뢰인 한 명을 응접했다.

이름은 에단.

다부진 체구에 동양계가 다 그렇듯 어린 인상이긴 했다. 에단은 케이맨 제도에서 온 신탁 관리자라고 자신을 소개했다. 그러나 에단은 인상만 앳될 뿐이었지 분위기는 그렇지 않았다.

뭐라 콕 집어 말할 수 없지만 월가와 전장을 합쳐 놓은 느낌이었다. 마치 본인처럼 말이다.

그래서 존 클락은 에단을 자신 같은 부류라고 확신할 수 있었다.

때문에 부럽기도 했다. 월가의 뒷골목으로 기어들어 온 자신과는 다르게, 그는 어느 돈 많은 억만장자 밑으로 제대로 들어간 것이 분명해 보였다.

실제로 고작 사람 하나 찾으면서 수천만 달러를 물 쓰듯이 쓰지 않던가. 덕분에 ZOPI 그룹뿐만 아니라 협력 업체들 전반이 때아닌 호황을 맞이했다.

물론 에단이 찾는 아이가 신탁 회사의 수혜자라는 걸 믿지는 않았다. 하지만 그런 건 중요한 게 아니었다. 명분이 확실한 이상 돈이 되기만 한다면 그룹에서는 전폭적인 지원이 떨어지기 마련이었다.

월가 전반은 나날이 죽상인 반면에 뒷골목의 분위기는 어느 때보다 좋아졌다.

단 한 사람이 바꿔 놓은 것이다.

그건 존 클락에게 꽤나 큰 충격으로 다가왔다. 그래서 그는 전력을 다했다. 어떻게든 성과를 보여서 자신의 능력을 증명하고 싶었다. 그렇게 에단의 비밀스러운 상사와 연결되길 바랐다.

어차피 돈 많은 부자들은 자신 같은 부류가 필요할 수밖에 없었다.

뛰어난 민간 조사원, 예컨대 자신 같은 특수 부대원 출신이나 혹은 정보기관 출신이었던 인사들이 뜬금없이 사표를 낼 때는 두 가지 경우였다. 사설 군사 업체에 고용되어 아프리카나 아랍으로 떠나든가, 에단의 상사 같은 억만장자들의 사설 고용인으로 들어가든가.

이래저래 개 목걸이를 차는 신세인 건 마찬가지이긴 하다. 그래도 엿 같은 애국심을 강요하며 주는 것이라고는 장애 진단서뿐인 개 목걸이보다는, 돈이라도 많이 주는 개 목걸이가 낫다.

하지만 그의 열성과는 다르게 좀처럼 좋은 소식이 들려

오지 않았다.

그러던 어느 날.

에단을 다시 만나게 되었다.

그때 존 클락은 도박을 걸어 보기로 했다. 성공하기만 한다면 돈이라도 많이 주는 개 목걸이를 걸 수 있을 테니까.

"그렇게 된 거다."

존 클락이 말했다.

"돈도, 씨발 물론 땡큐지. 그런데 위험하진 않겠어?"

존 클락의 맞은편.

그와 함께 술잔을 기울이고 있는 근육질의 남자가 대꾸했다.

"위험이라……."

"스미스 그 병신 같은 새끼가 어떻게 골로 갔는지 알잖아. 돈 많은 새끼들에게 우리들은 그냥 소모품에 불과해."

"지금까지 헛들었어?"

"흐흐. 그래, 중요한 건 액수지. 우리 수준이 그렇게 높은 건 아니잖아. 그래서 얼마야?"

존 클락은 희미한 미소를 띘다.

그 미소를 본 남자는 올 것이 왔구나 싶었다. 존 클락은 한때 그의 분대를 지휘했던 분대장이었다. 걸프전에서 그가 미소 짓던 순간마다, 부대원들은 대박이 났었다.

결국 이렇게 탕진하고 말았지만.

"백지 수표다."

"한계선이라는 게 있잖아. 어디까지 가능할 것 같아?"

"없다."

"야박하게 굴지 말고 제대로 풀어 봐."

"한계? 이자들에게 그런 건 무의미해. 한 녀석을 찾아내기만 한다면."

"후아!"

남자가 혀를 내둘렀다.

"몸이 단백질 대신 다이아몬드로 채워졌대?"

"더한 것이겠지. 수천만 달러를 들여서라도 반드시 잡아야만 할 게 뭔지 떠오르진 않지만, 알고 싶지도 않다. 스미스 꼴이 날 순 없지."

"어쨌든 찾는 것까지만이 아니지?"

"일단은 찾는 것까지지만. 뒷일이야 뻔하지. 엄청난 돈이 예정된 수혜자? 그런 명분은 양복 입었을 때나 다뤄 봤던 걸로 충분해."

"얘기는 어디까지 진척된 거야?"

"표면적으로는 똑같다. 그들은 여전히 수혜자인 아이를 찾고 있는 것이지. 하지만 아니란 거 알잖아. 그자도 바라고 있는 것 같고."

"하여간 부자 새끼들이란…… 그러니까 뒤처리까지 우리가 다해야 할 각오를 하고 시작해야 한다 이거지?"

언제는 안 그랬던가.

"그래서?"

"요인이 미성년자인 게 조금은 걸리는군."

"청소년 교도소, 고아원, 갱단부터 뒤진다."

"큭. 막 나가는 녀석이었어?"

"정상적인 녀석은 인근 주까지 다 뒤져 봤는데 없다. 남은 건 하나뿐이지. 그리고 몸집도 우리만 할 거라 한다. 서류상의 나이만 미성년자일 뿐이라는 게 그자의 표현이었지."

"믿기지가 않는군. 고작 어린아이 하나 찾아서 조지는데 돈을 퍼부어? 잠깐 들은 나도 궁금해 미치겠는데, 너는 그걸 어떻게 참아 왔어?"

"동참할 거냐?"

"부자들 가랑이 사이를 기는 거? 이번에는 어떤 문신을 박아야 되는데?"

남자는 팔을 드러내 보였다. 한때 거기에 박혀 있던 부대 문신은 마치 화상을 입은 것처럼 지저분한 흉터로 변해 있었다.

"일단 비꼬고 보는 건 여전하군."

존 클락의 대꾸에 남자는 피식 웃었다.

"흩어진 녀석들의 행방을 찾아봤다."

존 클락이 서류 파일들을 꺼내 보이기 시작했다.

"보고 싶은 녀석도 있고 죽여 버리고 싶은 녀석도 있네."

"다 불러 모아. 약쟁이가 되어 버렸거나 쓸모없어 보이는 녀석이 있다면 몇 푼 쥐여 주기만 하고."

"넌? 아니지. 분대장님께선?"

"민간 조사원으로 있으면서 얻은 거라곤, 이거 하나밖에 없다."

존 클락이 수첩 하나를 흔들어 보였다.

부패한 공무원들의 명단이었다. 월가의 성공한 엘리트들 명단 대신 그거 하나만 들고 나왔다.

그가 수첩을 귀에 대며 말했다.

"주둥이에 돈 좀 밀어 달라고 어지간히 시끄러워야 말이지. 난 여기서부터 시작하지."

* * *

한국으로 돌아가기 바로 직전.

존 클락에게 연락이 왔었다. 그러며 날아온 사진 속 인물은 그놈이 맞았다.

역시.

교도소부터 뒤져 보는 게 주요했다. 사실은 구치소지만.

"오셨습니까."

그들 넷은 체구와 상관없이 근육들이 대단했다.

서스태논으로 키웠을 근육을 유지하고 있다는 것은, 그들이 스테로이드에 빠져 있다는 증거였다. 항시 체력을 단련해야 하고 맨손으로 몇 놈 때려잡을 수준을 유지해야 하는 게 그들의 평상시 생활이긴 했다.

"조금만 빨리 찾아봤더라면 출감되던 순간에 잡……."

존 클락은 말실수를 깨달았는지, 말꼬리를 흐리며 황급하게 말을 바꿨다.

"출감되던 순간에 맞출 수 있었습니다."

"의뢰 업체를 바꾸길 잘했군요. 그래서 행방은 찾았습니까?"

"브루클린에 있습니다. 그리고 제 직원들이 주시 중이죠."

그쯤에서 존 클락이 부쩍 목소리를 낮췄다.

"분부만 하신다면 요인을 확보할 수 있습니다."

그의 시선이 핸드폰으로 향했다.

"혐의는 뭐였습니까."

"일급 살인입니다. 혐의가 사실이라면 위험한 미친놈이겠죠."

하지만 무죄 판결을 받고 구치소에서 풀려났다.

존 클락은 법원과 사건 관계자만 열람할 수 있는 서류를 준비해 놓았었다. 그런 건 아무래도 좋았다.

"에단. 다시 말씀드리지만 지금 당장 요인을 확보할 수 있습니다. 현장에 우리 중 여섯이 나가 있습니다."

"절대 접근하지 말라고 전하시죠."

"……알겠습니다."

"우리들의 개인 신분을 특정 지을 수 있는 물품들은 버리고 갑니다. 자동차 번호판 따위도 전부. 브루클린에 나가 있는 직원들에게도 똑같이 전해 주십시오. 그리고."

"예."

"복면 있습니까?"

가지고 온 조나단의 세단 대신 그들의 차량에 탑승했다.

존 클락 외에는 과묵하게, 뒤의 공간을 가득 채우고 있었다.

"브루클린 어딥니까?"

"브라운스빌입니다."

브루클린 동남부, 흑인들의 집단 거주지.

뉴욕 내 최고 빈민가.

"그쪽의 초기 대응 경관들과는 연락이 닿습니까? 바로

접선이 가능한 자들로."

"우리 직원으로도 요인 확보가 가능합니다."

"지금부터는 두 번 말하지 않겠습니다. 묻는 말에만 대답하세요."

한편 가슴 끝부터 끓어오르기 시작한 열기 때문에 주먹이 떨려 오고 있었다.

마찬가지로 떨리는 목소리를 터트렸다.

"없다면 빨리 말해. 너희들 말고도 있으니까."

존 클락의 눈길이 내게로 향했다. 순간적으로 부릅떠진 그의 두 눈이 점점 무채색으로 변해 갔다. 그가 담담하게 말했다.

"있을 겁니다."

존 클락은 뒷좌석의 사내들에게 빠르게 시선을 보냈다.

내가 말했다.

"미리 언질 넣어 두십시오. 그들은 어떤 신고가 들어와도 최대한 늦게 움직여야 합니다. 돈은 얼마든 쑤셔 넣어 주시고."

"……분부에 따르죠."

*　　*　　*

이들 모두는 한때 손발을 맞춘 적이 있는 자들이었다. 리더는 존 클락. 나머지는 그의 부하 병사일 것이다.

브루클린으로 넘어가는 다리가 보였다.

“총.”

나는 당연한 마음으로 손을 내밀었다. 존 클락은 뒷좌석에서 권총 하나를 건네받은 즉시 내게 건넸다.

안전장치를 풀고 장전을 확인했다. 그러고는 이어서 받은 소음기를 부착했다.

“지금부터 당신들이 해야 할 일들을 가르쳐 드리죠. 건물에는 나만 진입합니다. 당신들이 이 사건에 연루될 일이 없게 해 주겠다는 겁니다. 또한 일이 끝나면 청구한 만큼의 보수가 바로 지급될 겁니다. 하지만 더 큰돈을 벌고 싶다면.”

“우리가 뭘 하면 좋겠습니까.”

“당신과 한 명. 그렇게 두 사람만 나와 같이 진입하고. 그 외 요원들은 건물 주변에서 매복해 있다가 우리가 실패했을 때를 대비합니다.”

절대 놈을 얕잡아 봐서는 안 된다.

변수가 다양하다. 부딪쳐 보기 전까진 놈의 능력치와 스킬은 물론, 아이템뿐만 아니라 인장 유무도 확인할 길이 없기 때문이다.

시작의 장부터 놈의 강력함은 유명했다. 시작의 장이 시작되기 이전부터, 누구보다도 빠르게 성장을 했던 놈이다. 그래서 전반적인 능력치를 내 수준까지 계산에 넣어 뒀다.

놈이 더 성장하기 전에 끝내야만 한다. 이번 기회에.

오늘을 미뤄 둘 수 없다.

"허용 범위는 어디까지입니까?"

"사살(射殺)."

존 클락만이 아니었다. 뒷좌석도 동요가 없었다.

그쪽에서는 진작 예상했던 일인듯 태연하게 총기를 점검하고 있었다.

"무죄 판결을 받고 풀려난 놈입니다. 사살 후 법정에 나가야 할 상황이 생기면, 지금 입을 맞춰 놔야 할 겁니다. 그리고……."

존 클락의 시선은 여전히 운전 창 너머에만 향해 있었다.

그가 그대로 말했다.

"아직 법정에 나갈 사람을 찾지 못하셨다면, 우리 쪽에서 그러한 서비스를 제공할 수 있을 것 같습니다."

제안이라기보다는 고백 같은 느낌이었다.

이들의 분위기에서 뭔가를 눈치채고 물었다.

"누굽니까."

그러자 뒷좌석에서 접니다, 라는 소리가 들려왔다.

그가 법정에 대신 출두할 사람이다. 본인들끼리 이미 얘기가 된 사항이었다. 이들은 지금 같은 경우를 가정해 왔을 뿐만 아니라 현실적인 방안까지 준비한 것 같았다.

"성함이?"

"티보이라고 부르시면 됩니다."

"그럼 나와 존 그리고 티보이. 이렇게 셋이 진입하면 되겠군요. 명심하십시오. 놈을 어리다고 얕잡아 보면 안 됩니다. 일이 성사되면 침묵의 대가로 당신들이 상상하는 것 이상을 얻게 될 겁니다. 그 반대의 경우도."

진심을 다해서 경고했다.

앞으로 일어날 일은 우연희에게 건넸던 계약서 같은 거다.

존재는 하지만, 현실에서는 비웃음만 살 환상 같은 이야기. 직접 겪은 당사자 외에는 아무도 믿지 않을 일.

그래서 일악 놈을 확실하게 제거하기 위해서 나는 이들의 협조를 거부하지 않았다. 그렇지 않아도 내가 먼저 제안할 일이었다.

차 안은 총기 손보는 소리만 날 뿐이다. 이들의 고요한 긴장감이 기분 좋게 다가왔다. 이들은 놈 개인보다 임무 하나에 초점을 맞추고 있으며 교전 지역으로 향하는 중이었다.

이윽고 빈민가에 진입했다.

던전처럼 어둠이 깔려 있는 골목에 차를 세웠다. 여기에 배치 중인 한 사람과 얘기가 끝난 자리였던 것 같다.

천천히 열리는 운전석 창문 쪽으로 한 남자가 접근했다.

그가 보고했다.

"고양이는 집에 있습니다."

그러고는 귀에 걸린 이어폰에 집중하는 모습을 보이며 마저 덧붙였다.

"안방에서 뭔가를 작성 중입니다."

"옵저버를 제외한 나머지는 건물 주변으로 매복하도록. 고양이가 탈주할 경우 즉각 사살한다."

지시를 끝낸 존 클락은 내게도 이어폰을 건넸다.

우리는 말없이 복면을 쓰는 것을 시작으로 차에서 조용히 내렸다.

차량 번호판도 도착 직전에 떼어서 버렸다. 누구도 신분을 특정할 수 있을 만한 물건을 지니지 않았다. 거기에 복면.

그렇듯 신분을 지우고 시작하는 저의는 존 클락 등이 하고 있을 추측과는 달랐다. 이들은 임무가 성공했을 때를 생각하고 있겠으나, 나는 그것이 실패로 돌아갔을 때를 염두에 두고 있었다. 만일 일악이 도주해 버리게 된다면, 최소한 자신을 습격한 자들이 누구인지는 몰라야 했다.

내가 앞장섰다.

건물 내부 구조에 대해서는 숙지가 끝나 있었다. 놈은 한 달 단기로 렌트한 후진 빌라 3층에서 웅크려 있는 중이었다.

직전의 보고대로 뭔가를 작성하는 중.

존과 티보이가 내 뒤를 따랐다.

계단을 올라가는데 놈이 해 왔던 악행(惡行)들이 뇌리를 스쳐 댔다. 놈의 손에 죽은 안타까운 애송이들의 흐릿한 얼굴은 물론, 놈과 반대편 진영이 싸우며 벌였던 참상들은…… 다시는 떠올리고 싶지 않은 기억이었다.

그것을 오늘 끝장낼 기회가 생겼다.

아직 저지르지도 않은 미래의 일이라고?

장담컨대.

놈을 죽여 버리는 게 살려 두는 것보다 백만 배는 가치 있는 일이다.

3층으로 진입하는 마지막 순간. 숙련된 두 용병과 복면 구멍 사이로 눈빛을 교환했다. 그들은 교전 당시 그래 왔을 대로 문 좌우로 소리 없이 이동했다.

존 클락의 권총에도 소음기가 달려 있다.

그가 그것을 문손잡이에 겨누면서 내 지시를 기다렸다.

아니, 최대한 조용히 진입해 놈의 숨통을 끊어야 한다.

존 클락에게 고개를 저어 보였다. 소음기가 달려 있다고 해도 총격 즉시 요란해질 일.

문손잡이를 쥐었다. 조심히 돌렸을 때 잠금장치에 걸려 있는 느낌이 손에 감지됐다.

아주 느릿하게 손잡이를 강제로 돌리기 시작했다. 잠금장치가 부서지며 미세한 소리를 내긴 하지만 우리에게만 들릴 정도다.

존 클락이 순수 근력으로만 손잡이를 부숴 버리는 내게 의아한 눈빛을 띠었을 때.

손잡이가 통째로 빠져나왔다. 구멍 난 그 안으로 손을 집어넣었다. 나머지 부속을 해체하는 것쯤은 손쉬운 일이었다.

됐다. 놈의 본거지로 진입하는 데 성공했다.

지저분한 걸 못 참는 건 이 시절에도 그랬다.

후진 빌라치고는 술병 하나 굴러다니는 것 없이, 정리 정돈이 완벽하다.

〈 고양이가 안방 화장실로 들어갔다. 화장실 문이 개방되어 있는지는 육안으로 확인이 불가하다. 물소리가 크게 나기 시작했다. 〉

반대편 빌라의 똑같은 층에서 전해 오는 소리.

존 클락과 티보이도 같은 소리를 듣고 있었다. 우리의 귀에 걸린 이어폰을 통해 들어온다.

안방 문은 열려 있었다.

외풍이 쌀쌀한 실내임에도 침대에는 이불조차 없다. 소

품이라고 할 만한 것은 테이블 위, 놈이 작성하다 멈춘 서류와 펜 정도가 전부.

당장 들어오는 광경은 그뿐이었으나 화장실에서 들려오는 물소리는 거셌다.

뭔가를 작성하고 있다가 갑자기 화장실로 가서 샤워를 한다고?

결벽이 있는 놈의 성격상 가능하지 못한 일은 아니지만, 바로 이 시점에서?

놈이 침입자를 눈치챈 게 틀림없었다.

안방에서 현관문까지의 거리는 적당히 있어서 문의 잠금장치를 해체할 때 났던 소리가 거기까지 들렸을 리는 만무했다. 그럼에도 침입을 눈치챘단 것은 감각 등급이 높다는 뜻. 감각 등급을 높여 주는 아이템이 있거나.

스윽.

존 클락과 티보이에게 수신호를 보냈다. 놈과 대면하는 즉시 방아쇠를 당긴다. 탄창에서 빈 소리가 걸릴 때까지.

지금 스킬 등급으로는 현대 화기가 더욱 확실하니, 총탄으로 온몸을 벌집으로 만들어 버린다.

그러고야 말 것이다.

그렇게 화장실로 진입하는 안방 모퉁이를 돌았을 때였다.

절대 잊지 못할 작은 동공이 나를 기다리고 있었다.

일악!

즉시 방아쇠를 당겼다.

흰자위가 더 많이 보이는 놈의 두 눈 사이를 향해서였다.

* * *

놈의 고개가 확 꺾였다.

정확히 겨냥했지만 그 순간에 알 수 있었다.

놈은 죽지 않았다.

놈의 전신에서 찰나에 뿜어져 나왔다가 사라진 빛이 있었다.

영롱한 빛.

최소 C급 이상의 피해 흡수 인장인 것이다. 망할 방어막.

"쏴! 방어막을 깎아!"

내가 외쳤다.

눈앞의 기괴한 광경에 사로잡힌 두 남자에게 말이다. 빌어먹을 메시지 따윈 날려 버렸다. 놈을 향해 방아쇠를 계속 당겼다.

탁! 탁! 탁! 탁! 탁!

내 뒤에서도 두 남자의 소음기 소리가 연달아 울렸다.

놈은 타격될 때마다 중심이 쉴 새 없이 꺾여 대면서 난리였으나 그뿐이다. 끝까지 쓰러지지 않고 있었다. 셔츠 조각이나 거기에 붙어 있던 배지 따위만 떨어져 나갈 뿐.

탄창에서 빈 소리가 났다.

존 클락이 내 옆까지 이동해 나왔다. 충격에 빠져 있을 표정이 복면 밖으로도 보이는 것 같았다. 그는 그대로 방아쇠를 당겼지만 그의 총에도 남은 총알이 없었다.

그렇게 세 개의 탄창을 다 비웠음에도 일악 놈의 방어막은 다 깎이지 않았다.

하지만 일악 놈이 정신을 못 차리고 있었다. 비틀거리는 중이다.

이 기회를 놓칠 순 없다. 있는 힘껏 놈을 향해 권총을 던져 버린 직후 시작했다. 질주했다.

영롱한 방어막이 또 놈을 보호하면서 나타났다 사라졌을 때.

[데비의 칼을 시전 하였습니다.]

내가 날려 보낸 강력한 기운이 전방을 꿰뚫었다. 그리고는 놈의 방어막에 부딪쳤다.

콰앙!

놈은 거인에게 던져진 것처럼 뒤로 처박혔다. 떨어지는

천장 타일들을 고스란히 맞고 있을 만큼 놈은 아직 제정신을 차리지 못하고 있었다.

이때 죽여 놔야 한다.

[활력의 귀걸이를 사용 하였습니다.]

[체력 등급이 변동 되었습니다. 변동: F → E]

외투 안의 검집에서 꺼내 든 것에서 푸른 뇌력이 튀었다.

[오딘의 분노를 시전 하였습니다.]

[대상: 뉴욕 소매점의 생존 나이프]

첫 보폭에. 화장실로 진입하는 짧고 좁은 실내 벽이.

두 번째 보폭에. 단검에서 튀어 대는 몇 줄기의 푸른 뇌력이.

세 번째 보폭에. 내게도 떨어지고 있는 화장실 천장 타일이.

모든 게 빠르게 스쳐 댔다.

놈의 고개를 꺾어 버린 즉시 환히 드러난 목을 향해 단검을 쑤셔 넣었다.

찰나.

나와 눈이 마주친 작은 동공은 웃지도 고통스러워하지도 않았다. 내 두 눈만큼은 똑똑히 봐 뒀다는 식이었다.

그때 놈의 목을 파고들며 선명하게 느껴져야 할 감각은 뭔가에 막혀 있었다. 거기에서 E 등급 근력으로도 감당할 수 없는 힘이 튕겨 나왔다.

[오딘의 분노 효과가 사라졌습니다.]

칼날은 다 쪼개져 떨어지고, 주먹 안으로 쥐어진 손잡이만 남아 있었다.

그때 보였다.

총알구멍을 위주로 형성된 놈의 티셔츠 안이었다. 놈에게 남아 있는 인장이 두 개 더 있었다. 나도 익히 알고 있는 문양.

다름 아닌 순간 이동의 인장과 공간 장악의 인장!

[속박의 메달을 사용 하였습니다.]

[대상: 일악(一惡)]

내가 인지하고 있는 대로 뜨든 말든!

[실패 하였습니다.]

당황하지 않았다.

퍼억!

오히려 놈의 얼굴을 짓뭉갠 내 주먹에는 지금까지의 분노가 중첩되어 있었다.

꽂힌 그대로 얼굴뼈가 함몰되고 놈의 눈알 한쪽이 터져버린 것도 바로 그때였다. 칼날이 부서졌을 때를 마지막으로 방어막을 다 깎아 뒀던 것이다.

그때 놈이 두 번째로 뻗은 내 주먹을 손바닥으로 막아섰다. 놈은 근력으로 내게 밀리지 않고 있었다.

드디어였다.

놈의 역경자가 터진 것이다. 죽음을 알리는 신호!

반면에 고개가 꺾여진 채로 나를 내리깔아 보는 작은 동공 하나. 거기에 머문 흥미로운 생물체를 본 포식자의 눈빛은 여전했다.

놈은 아직 순간 이동의 인장을 쓸 마음이 없어 보였다.

자신과 같은 족속의 생물체를 더 구경할 마음이리라.

"또 찾았네."

놈의 첫 마디였다.

Chapter 4.

내 복부를 노리는 놈의 주먹이 보였다.

녹색 기운의 스킬이 머금어져 있다.

그래도 놈의 머리칼을 움켜쥔 유리한 포지션을 포기할 수 없었다.

[가이아의 의지를 시전 하였습니다.]

퍼억!

그 순간의 고통은 복부에 칼날이 쑤셔 들어오는 것과 동일한 충격이었다.

이를 악물며 충격을 버텼다.

동시에 놈의 머리칼을 바닥 쪽으로 강하게 잡아 당겼다.

화악—

지금까지 뒤로 꺾여 있던 놈의 고개가 바닥에 처박혀 버리는 순간이었다.

근력을 겨루고 있던 쪽이 풀어져 버리며 주먹 하나가 자유로워졌다.

주먹을 내리 꽂았다. 놈의 뒷목을 향해서.

콰앙!

느낌이 제대로 왔다.

놈의 중추(中樞)가 파괴되었을 만한 무게감뿐만 아니라 실제로 육안으로도 보였다. 놈의 피부가 타격 부위 양옆으로 터지며 피를 뿌렸다.

마무리를 짓기 위해 다음번 일격을 뻗으려던 그때.

시선도 무게 중심도 아래로 확 꺼졌다. 먼지가 뿌옇게 일어났다. 부서진 콘크리트 덩어리들을 아래로 깔고 있었다.

그러나 정작 가장 중요한 것은 깔려 있지 않았다.

놈이 사라졌다.

그 자리에 있는 것이라곤 나타난 대로 다시 사라져 버린, F급 인장의 구리빛 빛무리뿐이었다.

"뭐, 뭐야!"

처음 보는 흑인 남자는 바로 아래층의 거주민일 수밖에 없었다. 뛰어온 그가 무너진 화장실 천장과 나를 번갈아 쳐다봤다.

내가 복면을 쓰고 있기 때문인지, 그는 바로 안방에서 야구 배트 하나를 들고 왔다. 하지만 접근하지는 못한 채 그의 가족이라 추정되는 이름들을 쉴 새 없이 외쳐 대기 시작했다.

그때 복면을 쓴 두 얼굴이 천장 구멍 위로 나타났다. 거기에 대고 큰 소리를 터트렸다.

“반경 20미터. 멀리 도망치지 못했다. 하나는 옥상, 하나는 지하! 나는 거리로 나간다. 서둘러!”

나는 배를 움켜쥐며 몸을 일으켰다. 처음에는 적중당한 한 부위만 화끈거리던 것이 이제는 주변으로 확산되고 있었다.

외투 안주머니에서 꺼낸 것을 이 집 주인 녀석에게 던졌다. 백 달러 뭉치를.

그러며 일갈했다.

“입 다물고 있으면 다 네 거다. 비켜.”

몸이 무거웠다.

복부를 중심으로 빠르게 퍼져 나가는 이게 무엇인지 왜 모를까.

독기(毒氣)가 퍼지고 있는 중이다.

내가 걸음을 옮기기 시작하자 2층 사내는 황급히 벽에 붙었다. 그의 가족들로 보이는 구성원들과 거실에서 마주쳤으나 그들도 내게 접근할 수 없긴 마찬가지였다.

빌라 밖 거리.

주민 몇 사람이 웅성대며 쓰러진 요원을 내려다보고 있었다.

누군가 그의 복면을 막 벗기려던 순간에, 같은 복면을 쓴 남자가 뛰어와 그를 어깨에 둘러멨다. 복면 밖으로 피가 쏟아진 시점에서 구경꾼들은 황급히 뒤로 물러났다.

그 광경이 마지막이었다.

나는 주변 골목들을 뒤지고 다녀야만 했으니까. 욱신거리는 배를 움켜쥐고.

* * *

나머지들은 여전히 수색 중이었고 존 클락만 나를 기다리고 있었다.

그도 나도 복면을 벗은 상태였다. 뉴욕 경관들 앞에서 그걸 쓰고 돌아다닐 수는 없었다.

때는 역경자 지속 시간인 오 분이 지난 후였다.

"……뭡니까. 당신들은."

그는 최대한 침착하려고 애쓰고 있었다. 그러나 도살자들에게 둘러싸인 사냥감 같은 기색은 그조차도 어쩔 수 없는 것이었다.

무시하고 말했다.

"지금 당장 불러들일 수 있는 인력이 얼마나 됩니까?"

"서른 명입니다."

작은 목소리. 그는 바닥에 떨어지기 직전의 유리잔처럼 보이기도 했다.

"부족해."

"비전투 요원들까지 동원하겠습니다."

내가 팔을 올리자 그의 몸이 크게 움찔거렸다. 그의 어깨를 짚으며 말했다.

"놈은 어딘가에서 의식을 잃었을 가능성이 높습니다. 수색 범위를 빌라 반경으로 차량 5분 거리까지 확장시키고. 병원, 상가. 모든 주거지 다 탐문 조사하십시오."

"예."

전화를 돌리기 바쁜 그를 뒤로 나는 거리를 뒤지며 밤을 지새웠다.

이튿날 아침.

수상한 자들이 눈에 띄기 시작했다.

사복 차림이었으나 하나같이 건장한 체구에 활동하기 편한 신발을 신고 있었다.

둘씩 짝을 지어서 돌아다니는 모습은 영락없이 사복 경관을 표방하는 듯했다. 그리고 그들은 내게도 의심스런 시선을 보냈다.

한편 복부의 독기는 가슴 언저리까지 진행된 상태에서 멈춰 있었다. 당장은 움직이는 데 크게 방해가 되고 있지만 시간이 지나면서 사라질 것이다.

나는 존 클락이 보내온 주소지로 향했다. 좁은 마당을 둔 허접한 주택이었다.

"여기를 임시 본부로 진행 중입니다."

존 클락이 설명했다.

"일단 배부터 채우죠. 먹을 게 있습니까? 없다면 가까운 식당으로."

"있습니다."

우리는 집 안으로 들어갔다. 마치 서브프라임 사태의 버려진 집처럼 오랫동안 사람이 살지 않은 흔적들로 가득했다.

그 안에 한 녀석이 부동자세로 서 있었다.

존 클락과 더불어 나와 함께 진입했던 사내였다. 어제 흩어진 이후로 처음 대면했다.

이름은 티보이.

근육질 사내의 목구멍이 꿀꺽 넘어가고 있었다.

이들 모두는 폭력에 무감각한 자들일 뿐더러 폭력이 삶의 일부인 자들이다. 그러나 그들이 목격하고 만 지난밤의 폭력은 그들의 세계에서는 존재하지 않았던 별세계(別世界)의 폭력이었다.

더 강하고. 더 파괴적인.

실제로 일악은 탄창 세 개 치의 총알을 맞고도 비틀거린 게 전부였지 않았던가.

한편 테이블 위로 박스째 쌓여 있는 위조 신분증들이 보였다. LYPD, DEA, FBI 등의 수사 기관 외에도 국세청과 주택개발부 같은 정부 기관 것도 존재했다. 신속하기도 하지.

우리는 침묵 속에서 간단한 식사를 마쳤다.

지난밤에 죽은 남자를 옮겨 두었다는 방으로 자리를 옮겼다. 부검하지 않아도 뻔했다. 시신의 사인은 복부 내출혈이다. 그 일격에 즉사하지 않았더라도 전신에 퍼져 있는 독기에 잡아먹혔을 것이다.

시신의 눈은 당시의 충격을 머금은 상태로 부릅떠져 있었다.

사후 경직이 있기 전에 눈을 감겨 주지 못한 탓이었다.

시신을 다시 덮어 주며 물었다.

"이 남자 이름이 뭡니까?"

"브라운입니다."

"가족은?"

존 클락은 티보이에게 대답을 미뤘다.

티보이가 대답했다. 목구멍에 닭 뼈라도 걸린 듯, 말을 더듬으면서였다.

"딸, 딸이 하나 있습니다. 이혼한 전 부인이 버리고 갔답니다."

나는 고개를 끄덕였다.

"일이 끝나면 직원들을 위한 신탁 회사를 만들어 두겠습니다. 일단은 놈을 추살(追殺)하는 데 전력을 다하십시오. 다음 일은 그때 이야기합시다."

* * *

그러나.

데드라인이 지났다. 무던히도 브루클린을 뒤지고 다녔던 일주일이 지나가 버린 것이다.

만일 부활자 특성을 놈이 차지했다면 일주일까지 갈 것

없이, 이미 며칠 전부터 부상 입은 몸으로도 움직일 수 있었을 것이다. 우연희가 그랬듯이.

그래도 소득은 있었다.

놈의 신분을 특정했으며 C급 충격 흡수의 인장과 F급 순간 이동의 인장을 벗겨 냈다. 놈에게 남은 거라곤 E급 공간 장악의 인장밖에 없었다.

오히려 내 머릿속은 그 어느 때보다 차분했다. 아무리 악명 자자한 놈이라지만 13,500포짜리 인장을 상실한 건 뼈아픈 패배였을 것이다.

존 클락과 브루클린의 레스토랑에서 다시 만났다.

그는 많이 정리된 듯 보였다. 앞으로 해야 할 일과 하지 말아야 할 일들.

그래서 그가 목격했던 바에 대해서는 일절 입 밖으로 꺼내지 않는 중이었다.

다만 한 가지.

내가 지시했던 바 하나를 완료했다고 말했다.

그가 열쇠를 건네며 창고 위치를 설명했다. 그는 일악의 빌라에 있었던 집기와 소품들을 하나도 빠짐없이 옮겨 두었다. 열쇠를 주머니에 넣으며 말했다.

"당신은 조직 시스템부터 제대로 갖춰야 할 겁니다. 조언이 필요합니까?"

"아닙니다."

그때 존 클락의 고개가 들렸다.

"고양이를 잡으려면 어떻게 해야 합니까. 잡을 수 있습니까?"

"최우선 사항은 놈을 목격한 즉시 내게 보고하는 겁니다. 전처럼 접근 없이 주시만 하되, 내가 도착할 때까지 놈의 행방을 놓치지 말아야겠죠."

하지만 모든 게 계획대로 흘러가지만은 않는다. 이자들도 행동에 나서야 할 때가 있을 수 있다.

"시간을 끌면 끌수록 놈은 점점 더 강력해집니다. 때를 놓쳐 버리면 당신들 같은 자들이 대대 규모로 있다 해도 상대할 수 없겠죠. 하지만 빨리 찾는다는 가정 하에선 당신들도 가능합니다. 잡을 수 있습니다."

아!

존 클락의 눈에 힘이 실렸다.

"지난번에 봤던 광경은 머릿속에서 지우십시오. 다음번에는 총이 통할 겁니다. 하지만 당신들이 나서야 하는 경우라면 더욱 집중되고 폭발력 있는 방법을 동원해야만 할 겁니다. 그리고 산개해서 쳐야 한다는 것도 명심해 두십시오."

마저 말했다.

"어쨌든 내게 보고하고 나를 기다리는 게 최우선입니다. 당신이 지켜야 할 절대 룰이죠. 또 그러는 것이 당신에게 이로울 겁니다. 나든, 당신이든, 당신의 직원이든. 누가 죽이든지 간에 놈이 제거만 된다면 당신에게 10억 달러가 지급될 겁니다."

존 클락은 당장 기뻐하진 않았다.

내 입에서 최종적으로 떨어진 천문학적인 숫자는 아직 허상에 불과하다. 퀘스트를 완료해야만 10억 달러짜리 보상을 받을 수 있는 거다.

그가 지금부터 해야 할 일은 그의 조직을 철두철미하게 완성시키는 일이었다. 결의를 보이고 있는 눈빛 그대로 말이다.

"보고서는 꾸준히 올리십시오. 그리고 선수금으로 1억 달러를 제공하죠. 직원들을 위한 신탁 회사에 같은 금액을 준비해 놓겠습니다. 이를 어떻게 활용할지 또한 전적으로 당신에게 맡기겠습니다. 그럼."

그의 어깨를 두드려 주고 나왔다.

그렇게 도착한 곳은 컨테이너 창고 업체였다. 원체 놈이 가지고 있던 집기가 별로 없어서 컨테이너 하나로 충분했다.

놈이 작성하고 있던 것은 별게 아니었다. 그 날에도 그것부터 확인했었다.

그의 담당 검사에게 보낼 익명의 편지로. 자신의 신분을 감추면서도 법망을 피해 가는 문장을 구사하고 있었다. 한마디로 정중한 저주에 정직한 원망의 편지였다.

그것만큼은 좋지 않아 보였다.

벌써 법을 의식하며, 법망을 피해 가는 방법을 알고 있다는 뜻이니까.

그럼에도 놈은 살인을 한 게 틀림없었다.

일급 살인 혐의에서 벗어날 수 있었던 것은 검사 측에서 살인에 쓰였던 무기를 증명하지 못했으며 놈의 알리바이가 확실했기 때문이었다.

검사의 주장에 따르면 피해자는 다른 주에 사는 28세의 남성이며 놈과는 인터넷 메신저를 통해 알게 된 사이로, 같이 게임을 하는 사이라고 했다.

그런데 피해자는 또 다른 사전 각성자였을까?

아마도…….

편지를 내려놓았을 때.

조그마한 것 하나가 편지에 걸려서 굴러떨어졌다.

새끼손톱만 한 배지.

그걸 집어 든 순간에 메시지가 떴다.

[예민한 자들의 배지 (아이템)
효과: 감각을 한 등급 상승 시킵니다.
등급: F]

하! 이런 보물을 가지고 있었나.
브론즈 박스에서 나올 내용물로서는 최상위 아이템이다.

[감각 등급이 변동 되었습니다. 변동: F → E]

일시적이란 문구도, 지속 시간도 재사용 시간도 없다.
단순히 300포짜리로 계산해서 될 물건이 아니다. 이건 정말로 보기가 힘든 거다.
등급 제한에 따라 순 감각 능력치를 E 등급으로 성장시킨 후에는 쓸모가 없어진다고 해도 강화를 시킨다면 말이 또 달라진다.
애송이 시절에서만큼은 이보다 나은 아이템을 찾을 수 없을 것이다.

*　　*　　*

배지를 셔츠에 부착한 다음.

사건 파일을 집어 들었다. 피해자가 사전 각성자라고 의심이 되는 이유는 단순히 놈에게 살해됐기 때문만은 아니었다.

검사의 주장대로, 피해자가 멀쩡한 회사를 돌연히 그만둔 시점 그리고 놈과 인터넷 메신저에서 친구 추가를 맺은 시점이 일치했다.

기업에서 검찰에 제공해 준 자료는 거기까지였다.

이 시절 대부분의 미국인들이 그랬듯, 놈도 골드 온라인(GOL)을 통해 인터넷에 접속했고 골드 온라인에서 제공하는 메신저를 썼다.

지금.

조나단의 사무실에 놓인 인터넷 모뎀에도 골드 온라인의 로고가 박혀 있다.

조나단이 돌아왔다.

"화장실도 못 다녀왔었다. 그나저나 넌 어디서 뭘 하고 다녔어? 얼굴 상한 거 봐라."

그가 말했다.

"골드 온라인의 매입 지분 현황이 필요해. 조나단 그룹이 보유하고 있는 전 지분 현황으로. 매집 시작했지?"

"호재가 또 있어?"

골드 온라인이 웹 브라우저 업체를 인수하겠다고 선포한 것을 두고 말하는 것 같았다.

한때는 인터넷 혁명의 진원지라고 불렸던 웹 브라우저였다. 세계 최대의 소프트웨어 회사에서 그들의 웹 브라우저를 운영 체제 프로그램에 강제로 끼워 넣어 팔기 전까진, 골드 온라인이 인수하려는 웹 브라우저 업체가 업계 일위였다. 골드 온라인은 그 웹 브라우저 업체를 최대 100억 달러까지 들여서 인수하려 하고 있다.

"있지."

나는 짧게만 대답했다.

잠시 후 조나단이 아래층으로 요구했던 서류가 올라왔다.

우리 순 재산으로 움직이는 펀드에 4%.

연기금이 들어간 펀드에 4%.

그룹 내 헤지 펀드들에 1%.

그렇게. 현재까지 조나단 그룹이 매입한 골드 온라인의 지분은 총 9%였다.

일주일 동안 그 정도라면 상당한 규모인 셈이다. 아마 지금쯤이면 기사로도 다뤄지고, 골드 온라인의 주가는 더 크게 출렁이고 있을 것이다.

"브라이언 김이 공격적으로 매입하고 있다. 그 친구를

우리 그룹의 최고투자책임가(CIO)로 올리려고 하는데 네 생각은?”

“찬성.”

“좋아. 이사진 녀석들은 자기들이 실권이라도 있는 것처럼 행세하고 있지만 이번 기회에 똑똑히 알게 되겠지. 새끼들.”

“거기까지 하고. 골드 온라인 최대 주주까지 얼마나 남았지?”

“14%. 경영에 개입할 생각이야? 지금 지분으로도 실력 행사는 할 수 있어.”

“그럼 명함 하나만 파 줘 봐. 그럴듯한 직함 하나 붙여서.”

“호재가 아니라 악재였나 보군.”

“아니, 이것만큼의 호재도 없지. 시장에 풀린 건 다 쓸어 모아.”

골드 온라인은 조나단에게 건넸던 특별 리스트에도 들어가 있는 종목이었다.

“그런데 한 종목에 신경 쓸 여력이 있어? 어떤 호재길래 네가 나설 정도야?”

“골드 온라인이 닷컴붐을 주도할 거란 건 의심할 여지가 없지. 그냥 조그마한 것 하나 확인해 보고 싶은 게 있을 뿐이야. 살인 사건 하나."

*　　*　　*

남자는 골드 온라인의 공동 CEO이자 최고재무책임자(CFO)이기도 했다.

약속한 자리에는 그 외에도 기업 임원진이 몇 더 있었다. 그러나 나는 남자와의 독대를 요구했다. 웃으면서 한 몇 번의 악수 끝에 남자만 남았다.

"일단 훑어보시겠소?"

대 주주를 위한 세팅이 끝난 자리였다.

긴급하게 만들어 둔 보고서에는. 아니나 다를까, 웹 브라우저 업체의 인수 건에 대한 사항이 자세하게 다뤄져 있었다.

그도 내가 그 때문에 온 걸로 알고 있었고, 대주주 중 하나인 투자 그룹에서 갑자기 찾아올 이유는 그것밖에 없는 게 맞았다.

보고서를 내려놓았다.

"이건 좋은 결실을 맺을 것 같군요."

"흠…… 그럼 어떤 다른 점이 우려되시오? 콘텐츠 채널의 가입자는 4000만 명이 넘어 안정 궤도에 올랐으며, 북

미 회선 점유율은 60%를 목전에 두고 있소. 우리들로서는 이번 인수 건 외에는 딱히 생각이 나는 게 없습니다만.”

“사건 하나를 알게 됐습니다. 멀지도 않은 곳이죠. 뉴욕 교외에서 일어난 살인 사건 하면 떠오르는 게 있을 겁니다.”

“우리 기업과 관련된 사건이라면 그것이겠군요. 독살(毒殺) 사건.”

“그겁니다.”

“불운한 사건이었소. 하지만 꼭 부정적으로만 볼 사건은 아니었단 말이오. 통계가 있소. 그 사건 이후로 메신저 점유율이 오히려 상승 중에 있소. 그동안 막혀 있던 벽이 허물어지고 있는 거요.”

나는 남자가 하고 싶은 말을 다 하도록 내버려 뒀다.

“시스템에 제재를 가하기엔 미미한 사건이오. 무혐의 처분도 떨어졌고.”

끝난 것 같았다. 내 차례였다.

“일급 살인 혐의였습니다. 용의자는 13세 미성년자에 불과하면서도 무자비함이 이루 말할 데가 없었습니다. 피해자는 독 외에도 무자비한 폭력 아래 희생당했죠.”

가방에서 사건 파일을 꺼냈다.

사건 관계자만 열람할 수 있는 그것이지만, 남자는 당연하다는 듯이 받았다.

그러고는 끔찍한 사진들을 보면서 눈살을 살짝 찌푸릴 뿐이었다.

"이용자 'adversity_man'이 똑같은 범행을 저지른다면 파장이 걷잡을 수 없을 만큼 커질 겁니다. 여전히 같은 아이디로 동일한 방식으로 다음 희생자를 물색할 경우에 말입니다."

"흠."

"그때는 골드 온라인 내부에서만이 아니라, 외부에서부터 제재가 시작되겠죠. 그리고 우리 투자 그룹이 받을 손실은…… 꼭 겪어 봐야 아는 일이 아니잖습니까."

그래도 남자는 곤란하다는 표정이었다. 그래. 저 표정을 기다렸지.

남자가 말했다.

"이미 종결된 사건이오. 법원도 그리고 우리 그룹에서도 말이오. 잘 아시겠지만 용의자였던 그 소년은 무혐의 판결을 받았소. 거기에 우리가 어떤 제재를 가한다면 에단이 말하는 것 이상의 다른 문제가 발생할 여지가 있소. 단순히 계정을 지우고 접속을 차단하는 것으로 끝나는 문제가 아니란 거, 알고 계시지 않소?"

나는 이해한다는 듯이 고개를 끄덕거렸다.

"그럼 두 가지만 협조해 주셨으면 합니다."

"말씀해 보시오."

"동일 아이디로 접속할 경우, 로그인 정보를 제공받고 싶습니다."

"……그리고?"

"관련된 계정 정보를 열람하게 해 주십시오."

" '관련된' 이라 하심은?"

"메신저 채팅 기록 그리고 친구 추가가 된 계정과 그들의 동일한 정보들까지입니다."

"그 정보들을 어떻게 활용하실 생각이시오?"

"그룹 내부의 민간 조사원들에게 맡길 참입니다. 외부로 유출되는 일 없이, 사건을 미연에 예방하는 데 주력할 뿐입니다."

남자는 한 손으로 이마를 짚었다. 그는 심각한 고민에 들어갔다.

하지만 단번에 거절하지 못했을 때 이미 끝난 것과 다름없었다. 그는 기업 윤리와 경영권 및 기타 숫자들을 저울질하다가 결론지었다.

"그렇게 하겠소만 솔직히 뜻밖이었소. 감탄과 경의를 표할 수밖에 없겠습니다."

"우리 투자 금융 그룹의 자산을 지키고자 하는 일입니

다. 그 이상도 그 이하도 아니니, 다른 의미를 가지지 말아 주십시오."

"조나단 대표가 직접 지시했던 일이오?"

"그렇습니다."

"조나단 투자 금융 그룹의 행보가 크게 기대되는군요."

"감사합니다."

"조만간 내 자산도 맡기러 가게 될 것 같소."

남자가 먼저 악수를 청해 왔다.

악수 후.

"그럼 직원을 올려 보내겠소."

남자의 빈자리를 골드 온라인의 수석 프로그래머가 채웠다.

그는 가져온 노트북으로 내가 요구한 정보들을 띄우기 시작했다. 결제 카드, 아이피, 등록 주소, 과거의 로그인 기록 그리고 채팅 기록까지.

그 다음이 친구 추가 목록이었다. 피해자 외에도 두 명이 더 있었다.

실내의 프린터가 용지를 뽑아내기 바빠졌다.

* * *

이하는 놈의 친구 목록에 추가된 자들과의 채팅 기록이다.

가증스러운.

1.

「방제: 근력 F 등급 이상 환영.」

— m.cop 님이 입장하셨습니다.

— adversity_man : 하이.

— adversity_man : 하이?

— adversity_man : 강퇴할게.

— m.cop : .

— adversity_man : ……?

— m.cop : 소개 부탁 드립니다.

— adversity_man : 강퇴한다.

— m.cop : 체육학에서 언급되는 근력을 뜻하는 겁니까?

— adversity_man : 아니. 상태 창.

— adversity_man : 이봐?

— adversity_man : 말을 해. 놀란 거 알고 있어. 나

도 그래. 그래서 나 같은 사람이 더 있는지 확인하고 싶은 것뿐이야. 나는 LA에 사는 19살 케나스라고 해. 너는?

— m.cop : 우리가 미친 거라고 생각해 본 적은 없습니까? 당신은 어떻게 견디고 있는 겁니까.

— adversity_man : 우리 만날까?

— m.cop 님이 퇴장하셨습니다.

2.

「방제: 체력, 근력 F 등급 이상 환영.」

— black eye 님이 입장하셨습니다.

— adversity_man : 하이.

— black eye : 하이. 어디의 누구?

— adversity_man : 뉴욕 맨하탄의 25 남, 필립. 넌?

— black eye : 헬스 트레이너야?

— adversity_man : 아니. 초능력자. LOL

— black eye : 초능력자? 그거 멋진데?

— adversity_man : 넌?

— black eye : 나도 뉴욕에 살아. 너보다 나이는 적고 서점에서 일해.

— adversity_man : 방제 봤어? 찾고 있는 사람이 있어. 데이트 상대를 고르고 있는 게 아니거든.

— black eye : 나도 마찬가지야. 그래서 혼란스러워. 네게도 보이는 거야?

— adversity_man : 상태 창?

— black eye : OMG!

— adversity_man : 소개해 주고 싶은 사람들이 있어. 우리 같은 사람들이야. 나이도 성별도 직업도 다 다르지만 하나의 목적 아래 선한 목적을 띠고 있어. 나는 우리 그룹이 정말 자랑스럽고 뿌듯해. 관심 있으면 고민해 보고 쪽지 줘.

3.

「방제: 체력, 근력, 민첩 F 등급 이상 환영.」

— red ship 님이 입장하셨습니다.

— adversity_man : 하이.

— red ship : 하이. 방제가 흥미롭네. trpg 인원을 모

으고 있는 거야?

– adversity_man : 글쎄. 그런데 어떤 점에서 흥미로워?

– red ship : 신기하잖아. 너도 근력이 F 등급이야?

– adversity_man : 그래.

– red ship : 세상에! 나는 우리가 같은 게임을 하고 있다고 생각해. 그게 맞다면 이건 엄청난 거야.

– adversity_man : 저번 게임에서는 어떻게 낙오하지 않을 수 있었어?

– red ship : 우리가 같은 게임을 하고 있는 게 맞긴 맞구나.

– adversity_man : 우리 만날까?

– red ship : 내가 그리로 갈게. 어디로 갈까.

* * *

희생자는 레드쉽이라는 아이디를 썼던 남자였다.

일악 놈은 레드쉽을 작업하는 동안에도 엠콥과 블랙아이에게 꾸준히 쪽지를 보냈다.

그러나 엠콥은 일절 답장을 하지 않았으며, 블랙아이가 놈에게 넘어가기 일보 직전에 살인 사건이 터진 것이었다.

놈이 언제부터 사전 각성자들을 사냥해 왔는지는 알 수 없다.

다만 인터넷이 대중화되기 이전에 사냥감을 물색하기란 사막에서 바늘 찾기나 다름없었을 것이고, 놈부터가 성장이 완숙해지지 않았을 시기였을 것이다.

* * *

쉬운 일이었다.

엠콥의 계정이 등록된 주소지, 결제 지불 카드, 모뎀을 임대한 주소지 일체가 한 남자를 가리키고 있었다.

이름은 와인드 러치.

그 또한 닷컴 붐과 흥망성쇠를 함께한 자라 할 수 있다.

나라고 닷컴붐의 수혜를 입은 모든 기업의 창립자들을 다 숙지하고 있는 건 아니다. 다만 향후 유력 IT 업종의 전신(前身)인 업체와 창립사 정도는 꿰고 있어야 했다.

예컨대 와인드는 온라인 음악 시장의 개척자로 평가받는 자였다.

뮤직테카(Musicteca.com)를 설립. 음악 콘텐츠를 다운로드당 지불 방식으로 판매하는 방식을 최초로 도입했다.

그리고 닷컴붐에 힘입어 100만 개가 넘는 음악 트랙과

비디오 라이브러리를 축적하며 디지털 음악 유통을 주도하게 된다.

하지만 닷컴버블이 터졌을 때 그의 사업도 온전치만은 못했다.

성장한 속도 그대로 추락하고 만다.

그의 실종에 대해선, 크게 좌절하여 떠났던 여행에서 변고가 생겼을 거라던 것까지가 과거의 이야기였다.

하지만 지금에 와서는.

우연히 찾은 던전 안에서 죽고 말았든지. 아니면 놈에게 사냥당했든지.

둘 중에 하나였을 거라고 보여진다.

"뮤직테카? 그런 기업이 있었어?"

조나단이 반문했다.

"온라인에서 음악을 유통하는 업체지."

"세상 참. 빨리도 변해 가는군."

"리스트에 넣어."

조나단은 수첩을 꺼냈다.

그가 지난번에 건네줬던 쪽지를 꺼내 목록을 추가시켰다. 그런 다음 지시하지 않았던, 뮤직테카의 매집 현황을 찾아왔다.

"연기금 펀드에만 들어가 있다. 2.5%. 앞으로 우리 순 재산으로도 적극 매입하도록 하지. 그건 그렇고. 뉴욕 증시에 새로운 매수 세력이 뛰어들었어. 이 자식들도 상당히 공격적이야."

나는 고개를 끄덕였다.

질리언 쪽일 게 분명했다. 조나단도 나와 똑같은 심증을 가지고 있는 듯 보였다.

"그쪽에도 연기금과 억만장자들이 붙기 시작했으니까."

나는 별일 아니라는 듯이 대꾸했다.

"어느 정도 규모야?"

조나단이 깊은 관심을 보였다.

"2000억 달러."

"환장하겠군. 연기금 비중은?"

"60%."

"연기금이 1200억 달러나 모였단 말이야?"

조나단은 본인부터가 사천 억 달러 이상의 연기금을 모집하는 데 성공해 놓고도 혀를 내두르고 있었다.

즉, 세계 각국에서 뉴욕 그룹과 맨 섬 그룹에 투입한 연기금이 오천억 달러 이상이었다.

"뉴욕 증시만 과열된 게 아니란 말인데……."

조나단이 정확히 짚었다.

세계 각국의 연기금들이 자금을 운용하는 패턴에도 엄청

난 변화가 생겼다.

각국의 연기금 운용 본부에도 자산 운용하는 엘리트 팀이 따로 있다. 그럼에도 불구하고 각국, 각 연기금 위원회들은 우리 두 그룹에 대한 투자 비율을 엄청나게 끌어올렸다.

캘퍼스(CalPERS : 캘리포니아 공무원 퇴직 연금)를 보라.

그들은 미국 내 다른 연기금들의 투자 패턴을 가늠할 수 있는 지표가 될 수 있다. 그 캘퍼스에서 그들의 총 운용 자산 1300억 달러 중 300억 달러를 조나단 투자 금융 그룹에 전격 위임했다. 총액의 23%를 말이다.

이제껏 우리 같은 다른 투자 기관에 연기금을 위임해 왔던 수준은 기껏해야 1%를 넘지 못했던 것을 고려해 보면.

23%가 얼마나 말이 안 되는 수치인지는 누구라도 알 수 있는 사실이다.

그런데 그 엄청난 짓을 캘퍼스 투자 위원회에서 결정한 것이다.

"확실히 러시아발 금융 전쟁이 모두에게 충격적이긴 했지만."

조나단은 나를 새삼 대단하다는 듯이 쳐다보았다.

"이번 기회를 잘 활용하고 나면, 미처 못 들어온 연기금들도 들어오기 시작하겠지."

"더 들어오는 건 없지?"

내가 물었다.

"규모가 너무 커졌으니까. 이건 너한테 안 보여 준 건데. 알고 있는지 모르겠네."

조나단이 음흉한 미소와 함께 일간지 하나를 찾아왔다.

어제 자의 한 캘리포니아 일간지.

전면 기사는 캘리포니아 퇴직 공무원들의 시위를 다루고 있었다.

그들의 소중한 연금을 왜 헤지 펀드가 전신인 투자 그룹에 맡겼냐는 것이다. 상당히 큰 규모의 시위였고, 캘리포니아 주지사까지 나서 시위대를 설득하는 사진이 박혀 있었다.

내가 물었다.

"로비했어?"

"전혀. 알아서 보따리 짊어지고 온 거 알잖아."

"그럼 알아서 처리하겠군."

"그렇겠지."

연기금을 맡긴다는 것을 단순히 투자 행위로만 치부하기엔 중요한 문제가 남아 있다.

그 자금으로 사들인 지분의 주주권을 우리가 행사할 수 있기 때문이다. 계약 기간 동안.

조나단은 연기금과 질리언의 투자 그룹에 대해서 더 깊은 이야기를 나누고 싶어 하는 눈치였다.

하지만 내게는 더 중요한 일이 남아 있었다.

골드 온라인에서 가지고 온 서류들을 정리하며 자리에서 일어났다.

*　　　*　　　*

지시해야 할 건은 또 있었다.

블랙아이가 일했던 주소지로 향하면서 전화를 걸었다.

존 클락에게.

〈 예. 〉

〈 한 사람을 더 주시하십시오. 뮤직테카의 창립자, 와인드 러치. 〉

〈 고양이와 똑같이 다룹니까? 〉

〈 아닙니다. 주시만 하면서 특이 사항을 보고하기만 하면 됩니다. 〉

〈 고양이와 같은 종족인지요? 〉

〈 그럴 겁니다. 〉

〈 알겠습니다. 〉

〈 그리고……. 〉

조나단이 발간했던 저서는 아직까지도 인기가 꺾이지 않았다. 그것은 들어가자마자 보이는 서점 메인 자리를 당당히 차지하고 있었다.

그것을 보는 척하면서 서점 곳곳을 눈으로 훑었다.

그렇게 크지 않은 서점이었다.

블랙아이의 이름은 티나.

나는 조나단의 책을 들고 여자에게 향했다. 과거 월가인으로 살았을 때 정열적으로 연애를 했었던 그녀도 붉은 머리칼의 소유자였다.

티나는 그녀의 아이디답게, 붉은 머리에 흔치 않은 검은 눈동자를 지니고 있었다.

위험해 보이지 않았다. 오히려 서점 직원들과 융합되지 않는 모습이 눈에 띄었다. 책을 정리하고 있는 그녀의 뒤로 다가갔다.

티나의 명찰이 형광등 아래에서 반짝이던 때였다.

"이런 종류의 책을 찾고 있습니다."

그녀의 얼굴 위로 흠칫 놀라는 기색이 스쳤다.

"아…… 그게……."

그녀가 머뭇거리며 시간을 끌고 있던 그때.

우리를 주시하던 서점 매니저가 접근했다.

티나는 서점 매니저와도 눈을 마주치지 못하고 고개를 숙였다. 서점 매니저는 그런 그녀를 못마땅한 시선으로 쳐다보았다.

"죄송합니다. 손님. 무엇을 도와 드릴까요."

티나에게 했던 말을 똑같이 들려줬다.

서점 매니저는 책에 박힌 조나단의 얼굴을 빤히 쳐다보고는 B코너에 있다며 친절하게 답했다.

티나와 서점 매니저 사이에는 별다른 대화가 없었다. 그럼에도 티나는 늘 있는 일인 듯, 서점 매니저의 뒤를 따라갔다.

서점 구석에서 티나를 향한 서점 매니저의 질책이 시작됐다.

책을 찾는 척하며 둘의 대화를 엿들었다.

종합해 보면 티나는 원래 그렇게 멍해 빠진 직원이 아니었는데, 몇 주 전부터 고객 응접을 하지 못할 만큼 정신이 딴 데로 빠져 있었다.

끝나길 기다렸다가 다시 다가갔다. 서점 매니저가 2층으로 올라간 때였다.

"죄송합니다. 저 때문에 곤란하진 않으셨나요."

그러며 나는 그녀를 제대로 살폈다.

소매로 드러난 팔은 야들야들하기만 하다. 또한 내가 접근한 걸 눈치채지 못하고 또다시 놀라는 걸 보면 감각 또한 형편없다.

손가락과 귀에는 장신구 하나 없다. 버클이나 신발 또한 박스에서 나오는 내용물이라고 볼 수는 없었다.

생김새 또한 팔악팔선은 물론.

그 휘하의 S급 능력자들 누구와도 닮은 구석을 찾을 수 없었다.

그러니까 이 여자는 우연히 같은 팔자였을 가능성이 높았다.

그쯤에서 흥미가 꺼져 버린 게 사실이었다.

그러나.

일악이 이 여자에게 다시 접근할 수 있는 여지가 남아 있었다.

저녁 시간까지 얼마 남지 않기도 해서 시간을 조금 더 내기로 했다. 건너편 레스토랑은 서점의 출입 현황이 보이는 자리였다.

거기에서 그녀가 퇴근하길 기다렸다.

오후 8시경이 그녀의 퇴근 시간이었던 모양이다. 평상복으로 갈아입은 그녀는 유니폼을 입었을 때보다 더욱 위축된 모습이었다.

그때부터 미행을 시작했다. 그런데 그녀는 어떤 위협을 의식하고 있었는지 문득 멈춰서 주변을 두리번거리는 경우가 많았다.

이윽고 그녀가 올라간 맨션에서 불 꺼져 있던 층 하나가 밝아졌다.

그녀의 주거지다. 계정 기록과 일치했다.

그때.

맨션 골목에서 거구의 사내가 모습을 드러냈다. 그도 내 시선을 따라서 불 켜진 층을 올려다봤다. 그러며 엄숙한 어조로 말했다.

"세 번째 고양이입니까."

내가 그렇다고 대답하자, 크게 팽창된 그의 두 눈은 깜빡거리지도 않았다.

존 클락은 와인드 러치와 티나를 일악 놈에게 대입시키는 것 같았다.

"모두가 그놈처럼 위험하진 않습니다. 누구는 기업가로 누구는 작은 서점의 직원으로 평범한 삶을 살고 있습니다. 하지만 우리 관리에 두고 주시해야 할 필요는 있지요. 직원들은?"

"이쪽입니다."

존 클락이 어둠이 가득한 골목 안으로 나를 유도했다.

그는 셋을 대동해 왔다.

못 보던 얼굴들이었다. 첫날의 기동대처럼 근육질들은 아니었다. 그들은 피자 트럭으로 위장해 놓은 차량에 배치된 직원들로, 트럭 안에는 도청 장치를 비롯한 통신 장비들이 가득 차 있었다.

한편.

그의 직원들이 나를 보는 시선은 딱 그것이었다. 그들은 내게 조금의 호기심만 보일 뿐 특별난 눈빛을 보내오지 않았다. 그러며 행동거지가 조심스러워진 것을 보면…….

인근의 레스토랑으로 옮긴 자리에서 존 클락이 그 점에 대해서 밝혔다.

"직원들은 우리가 정부에 고용되어 있는 것으로 알고 있습니다."

존 클락 또한 확답을 듣고 싶어 하는 눈치였다.

그에게 나는 초현실적인 사건을 쫓아 움직이는 은밀한 존재이지 않은가.

무리도 아니다.

"우리는 정부 휘하에 속해 있지 않습니다."

믿든 믿지 않든지 간에 확실하게 말해 두었다.

"조직을 어떤 식으로 구성할지는 생각해 봤습니까?"

"무장 군인을 제공하는 업체가 있습니다. 사격장과 표적을 만들던 회사였는데, 민간 보안 사업에 뛰어든 지는 얼마 되지 않습니다."

그가 계속 말했다.

"정보기관에 종사했던 인원들 또한 현직, 전직 가리지 않고 영입 중에 있으며 성과가 있습니다. 보셨다시피……."

존 클락은 위장 트럭에 있던 직원들을 말하고 있었다.

"무장 군인 제공 업체는 인수 쪽으로 가닥을 잡고 시작하지요."

"비용이……."

"언제나 비용은 상관없습니다. 신탁 회사와 함께 준비해 놓겠습니다."

나는 아무 일 없다는 듯이 스테이크를 썰었다.

존 클락은 붉은 핏물이 흥건히 새 나오는 거기에서 무슨 생각이 들었는지, 새삼 굳어진 얼굴로 나를 쳐다보았다.

"의심하지 마세요. 우리는 좋은 일을 하고 있는 겁니다. 그래도 의심이 든다면 당신들에게 지급하고 있는 돈과 보상만 생각하십시오."

포크로 썰어 놓은 고기를 푹 찍어.

질겅질겅.

씹었다.

"세상에 공짜가 없다는 걸 명심하시고."

*　*　*

「인가자 외 출입 금지

— 화이트워터 — 」

팻말이 붙여진 철망을 지났다.

훈련소는 약 천만 평 규모로 광활한 숲과 들판 위에 세워져 있었다.

트럭에 나를 태운 남자는 내가 돈줄이라는 걸 알아차렸다.

그는 내가 탄 좌석에 앉았던 사람들을 줄줄 읊었다. 경찰국과 국방부의 수뇌부 이름들이 참 많이도 흘러나왔다. 경찰과 군인들의 훈련을 위탁받는 것 또한 이 민간 보안 업체의 큰 수입원 중 하나였다.

"꼭 특수 부대 출신만 계약하는 게 아닙니다. 우리는 의지만 있다면 가리지 않습니다. 예컨대 나이가 지나쳐 버린 사람들도 의욕을 보인다면 말입니다."

그가 차를 멈춰 세웠다.

잠시 뒤 몇 사람이 불려 나왔다. 전투 복장에 권총을 오른쪽 다리에 찬 게 인상적이다.

"궁금한 게 있으면 물어보셔도 됩니다. 얼마든지요."

남자는 자신 있게 말했다.

우리 앞에 불려 온 사내들은 실전 투입이 가능한 자들이었다. 그의 말대로 군 복무 경험은 없지만 어지간한 군인들보다 나아 보였다.

여기는 민간 기업이면서도 군사 훈련소를 그대로 복사해 놓은 듯한 곳이다. 당장 보이는 훈련 광경만 해도 실전을 방불케 했다.

특히 특수 부대 출신들이 따로 모여 있는 곳에선 모의 테러를 가정한 경호 훈련이 진행되고 있었다.

"다음 주면 사우디아라비아로 떠나는 요원들입니다."

남자는 그곳의 왕자 이름 하나를 댔다.

왕자를 안전하게 퇴각시킬 수 있는 방법이나, 반격을 가하게 되는 전술 등등.

그는 본격적인 돈 이야기 전에 밑밥을 깔기 시작했다.

어차피 민간 보안 업체는 월가만큼이나 돈으로만 움직이는 세상이다.

훈련소로 모이는 사람들도 오로지 돈, 그들을 전장으로 보내는 이들도 오로지 돈만 본다. 또 그것이 이 사업의 핵심이다.

기업 마크가 찍힌 전투복을 입힐 때는 사우디아라비아의

왕자 같은 중요 인사, 유전, 군사 전략 기지, 다이아몬드 광산 등을 지키지만.

기업 마크가 찍히지 않은 전투복을 입힐 때는 한 나라를 전복하고 그 나라의 수장을 끌어내리는 일을 한다. 뻔하지 않은가.

하지만 지금부터 이들의 임무는 하나가 될 것이다.

일악 추살(追殺).

나는 길어지는 이야기에 따분한 시선을 보냈다. 그러며 잘라 말했다.

"거두절미하고 금액을 불러 보십시오. 합당한 금액으로."

Chapter 5.

신탁 법인과 조직의 행동 자금을 위한 민간 조사 법인.

그렇게 두 개 법인의 설립을 끝낸 것으로 뉴욕에서 남은 일은 없다 할 수 있었다.

골드 온라인에서 제공하게 될 로그인 정보들을 민간 조사 법인에게 넘기는 것이 진짜 마지막이었다.

서울행 비행기에 탑승했다. 긴장을 풀고 한숨 자려고 했었다.

그때 금융 잡지와 일간지들이 눈길을 끌었다.

항공사에서는 일등석 승객들을 위해 그것들을 준비해 놓기 마련이었다.

사자가 고기를 마다할 리 없고. 참새가 방앗간을 그냥 지나가는 법은 없다.

내 손길은 자연스럽게 그쪽으로 향했다.

〈 오늘 돌아갈 거다. 준비해 놔.〉

휴대폰에 대고 말하면서 잡지 하나를 끄집어냈다.

〈 몇 시 도착이야? 〉

〈 7시. 준비물들 받아 적어. 〉

포브스 표지 모델을 장식한 인사는 또 조나단이었다.

그는 금융계에서 완전한 스타로 굳어졌다.

러시아발 금융 전쟁 이후 투자 금융 그룹까지 조직화하면서, 거기에 대해서는 어느 누구의 이견도 없을 것이다.

* * *

어떤 금융 잡지에서든 내가 펼치고 있는 일들을 찾을 수 있게 되었다.

당장의 포브스지에서만도 조나단과 질리언의 이름이 함

께 보인다.

「1998년 세계 자산 운용사 순위
—12월 말 집계 (단위 $)
1위. 조나단 투자 금융 그룹 : 5,090억
2위. AAGA : 4,900억
3위. 어드밴스가드 그룹 : 4,530억
4위. AP 머건: 4,087억
5위. 도이체에셋 : 4,036억
6위. 실버만: 3,920억
7위. 질리언 투자 금융 그룹 : 3,350억
8위. 사우스 인베스트먼트: 2,900억
9위. 파트너쉽 맨: 1,950억
10위. 블루스톤 그룹: 1,810억 」

어디까지나 자산 운용만을 다룬 순위였다.

예컨대 4위의 AP 머건, 5위의 도이체에셋, 6위의 실버만은 세계 명문 은행들로 그들이 총자산은 조 달러 규모를 거뜬히 넘는다.

위 순위에서 나온 은행들의 이름은 사실 그들의 한 개 부서를 집계한 것밖에 되지 않는다.

만일 자산 운용 일부분만이 아닌, 총자산 순위로 집계했다면 모든 순위가 은행들의 이름으로 채워졌을 것이다.

그래도 조나단 투자 금융 그룹이 기록한 1순위는 의미가 크다.

연기금뿐만이 아니다. 세계의 억만장자들이 그들의 자산을 맡길 자산 운용사를 고려할 때 뉴욕 그룹을 리스트에 올려놓을 수밖에 없게 되었다.

하물며 아직 민간 자금을 받지 않았음에도 1순위를 기록했다는 것은.

궤도 안으로 진입했음을 뜻했다.

'세계 경제를 장막 뒤에서 주무르는 섀도 뱅크'라는 타이틀 안으로 말이다.

지금부터는 기다리는 일만 남았다.

닷컴붐과 닷컴버블, 연이은 두 번의 기회가 지나고 나면 진짜 타이틀을 거머쥘 수 있으리라.

이제 그만 눈 좀 붙이려는데.

불안하던 한 녀석이 소란을 피우기 시작했다.

"건방지게 어디서 훈계야! 잔말 말고 더 가져오지 못해?"

날카로운 목소리가 일등석 승객들의 단잠을 깨웠다.

승무원들 사이에서는 유명한 인사였던 것 같다.

금융 잡지들을 다 훑어보던 짧지 않은 시간 동안에도, 녀석이 끊임없이 술을 시켜 대긴 했었다. 그때부터 낌새가 보였다.

이십 대 후반쯤으로 보이는 우리나라 남자였다.

녀석 덕분에 일등석 칸 분위기는 엉망이 되었다. 외국인 승객 몇이 승무원들에게 항의해 보지만 승무원들은 녀석을 통제하지 못했다.

우리나라 승객 중에는 녀석을 알고 있는 사람도 있었다. 그들 같은 경우엔 동승자에게 괜히 휘말리지 말고 조용히 있으라고 충고하기까지 했다.

그때 나는 녀석이 어느 재벌가의 사람인지 알 수 있었다.

한실 그룹. 항공, 기계, 식품 그리고 유통업계의 1위.

어쨌든 나도 철없는 애송이하고 시비 붙는 건 질색이었다.

그렇지 않아도 녀석은 싸우지 못해 안달이 난 상태였다. 고분고분한 승무원들만으로는 녀석의 욕구가 채워지지 않는 것 같았다.

그래서 녀석의 두 눈은 술기운까지 더해져 심각하게 번들거리고 있었다.

녀석이 눈을 부라린다. 다음번 희생자를 찾아 일등칸을

훑는다.

그렇게 내뱉은 여러 번의 욕지거리는 내게도 향했다.

"눈 안 깔아? 건방진 놈의 쉐끼!"

쯧. 한심한 녀석.

우리나라 시국이 어수선한 것도 저런 녀석을 키운 그 아비들 탓이다.

나는 국내 일간지로 녀석의 시선을 차단했다.

그때 익숙한 이름이 시선 안으로 들어왔다.

그러면 그렇지.

가뜩이나 IMF로 힘든 우리나라에서는 김청수의 활약을 놓칠 리가 없었다.

「21세기형 인물. 세계 금융을 주무르는 자랑스러운 한국인, 김청수.

김청수 '조나단 투자 금융그룹' CIO — 이직 반년 만에 초고위직 선임.

세계 최대 규모의 운용 자산(약 5천억 달러)을 자랑하는 조나단 투자 금융 그룹을 지휘할 사령탑으로, 순혈 한국인인 김청수 최고투자책임가(CIO)가

선임됐다.

조나단 투자 금융 그룹은 일명 '러시아 금융 전쟁'에서 막대한 수익률을 올리며 지난달까지 공격적인 인수 합병에 나서, 지금의 그룹 체계를 갖췄다.

위 러시아 금융 전쟁에서 최고수석총괄매니저로 기용된 김청수 최고투자책임가는, 경제학과 응용수학을 국내 유수의 대학에서 전공했으며 대민은행 해외투자부서에서 7년 이상 몸담으며 각종 투자를 맡아 사업 확장에 크게 기여한 전력이 있다.

조나단 투자 금융 그룹의 CEO 조나단은 그를 가리켜 '내가 만나 본 천재 중 한 명'이라고, 월스트리트 저널을 통해 영입 이유를 밝히기도 했다.」

*　　　*　　　*

수트 차림의 내 모습을 처음 봤기 때문일 것이다. 우연희는 순간 나를 알아보지 못하다가, 정신없이 손을 흔들기 시작했다.

"캐리어 찾아야지?"

그녀가 물었다. 하지만 나는 짐 하나 없었다. 돈이 많을 때의 장점이다.

어차피 가장 중요한 아이템들은 목걸이와 반지 그리고 배지의 형태로 몸에 부착하고 다닐 수 있는 것들이었다.

한편 기내에서 소란을 피우다 곯아떨어졌던 녀석이 시선 안에 있었다.

녀석은 검은 정장을 입은 수행원들에게도, 녀석의 우리나라 애인으로 보이는 여자에게도 일국의 왕자나 다름없었다.

그러던 녀석이 갑자기 우리 쪽으로 걸어오기 시작했다.

나를 특정한 줄 알았다. 하지만 녀석의 시선은 우연희에게 꽂혀 있었다.

우연희도 녀석을 아는 눈치였다.

녀석이 말했다.

"이사장님을 여기서 뵙는군요. 제가 입국한다는 소문이 이사장님께도 들렸습니까? 하핫."

녀석은 기내와는 딴판으로 굴었다. 멋진 신사를 자처하듯 멀쩡한 모습.

"안녕하세요."

우연희가 아무렇지 않게 대꾸했다. 그때 녀석의 시선은 내게로도 향했다. 하지만 그 난리를 쳐 놓고도 나를 몰라보는 기색이었다.

녀석의 눈에서 이채가 번뜩였다. 썩 좋은 느낌의 빛은 아니다. 경쟁자를 보는 시선에 가깝다. 우연희에게 관심 있는 녀석이었나.

"애인분?"

녀석이 물었다.

"네."

우연희가 되도 않는 거짓말을 하는 까닭이야 뻔했다.

녀석은 빙그레 웃었지만, 녀석도 우연희가 거짓말을 하고 있다는 걸 간파한 듯한 미소였다.

"다음에 제대로 이야기를 나누죠. 언제 방문하시겠습니까?"

"스케줄을 확인하고 연락드리겠습니다."

"그럼."

"조심히 들어가세요."

녀석은 수행진과 여자를 이끌며 자리에서 떠났다. 우연희가 기다렸다는 듯이 말했다.

"저번에 말했던 후원사 사람이야."

"한실 그룹?"

"조창호 실장을 알아?"

새희망 의료 법인은 비영리에 가깝게 운영되며 사회적으로 훈훈한 이야기를 만들어 내기 시작했다. 때는 암울한 IMF라서 약간의 미담이라도, 정부의 지시하에 크게 부풀려지곤 했다.

그런 새희망 의료 법인에 누구보다 빠르게 접근한 자들이 바로 한실 그룹. 한실 그룹에서 새희망 의료 법인을 후원하는 이유야 그룹 이미지 쇄신을 위해서였지만, 오늘 쓰레기가 우연희를 대하는 태도를 보니 이유 한 가지가 더 추가된 것 같았다.

"모를 수가 없지. 기내에서 그 난리를 폈는데. 가까이 두지는 마라."

"술 냄새가 나더니만."

우연희는 담담하게 받아들였다. 역시 그럴 줄 알았다는 듯이.

우연희를 내려다보았다.

쓰레기는 어떤 점에서 우연희에게 매력을 느꼈던 것일까.

우연희가 미인이긴 하지만 통상적인 미인은 아니다. 작고 귀여운 여동생 타입에 가깝다. 쓰레기에게 성적으로 어필될 리는 없다.

우연희의 외모가 아닌 다른 면에서 호기심이 일어났을 가능성이 컸다.

예컨대 나를 올려다보고 있는 저 두 눈.

또렷하고 당찬 수준 정도가 아니라 그 이상의 힘이 느껴

진다.

그녀가 그 눈으로 말했다.

"바로 김제로 갈 거지?"

*　　　*　　　*

〈 방학 끝나기 전에 돌아갈게요. 걱정 마세요. 〉

〈 연락 자주 해라. 아들. 나는 괜찮아도 네 엄마는 아니잖냐. 네 엄마한테 너는 언제나 어린아이라는 거 잊지 말라는 소리다. 〉

〈 노력할게요. 〉

핸드폰을 접었다.

방학만 되면 전국을 떠도는 아들의 비행은 어느덧 일상이 되었다.

개학까지 남은 기간은 1주.

일악의 새로운 소식만 기다릴 수는 없었다. 놈을 잡는 것만큼이나 중요한 게 이 몸의 성장이기 때문이다. 또 두 가지 모두 밀접하게 연관되어 있는 일이다.

"너는 긴장할 필요 없어. 이번에는 나만 진입할 거니까."

공항에서와는 다르게, 부쩍 말수가 없어진 우연희에게 말했다.

우연희가 동그래진 눈으로 나를 쳐다봤다. 저항이 섞여 있다.

상위 던전에 도전하기에는 아직도 기준 미달인 능력치에 머릿수도 단 둘뿐이었다.

그래서 다음 공략지로 잡은 김제 던전은 화성과 마찬가지로 F급 던전이었다. 하지만 당시와 다른 점이 있다면 이 던전에는 진입해 본 경험이 없다는 것이다. 그러니까 이번 진입 목표는 탐사였다.

"이번에는 더 잘할 수 있어."

우연희가 자동차 라디오 볼륨을 줄이며 말했다.

화성 던전 공략을 마친 지 반년.

그동안 우연희는 의료 법인 일에만 매달리지 않았다. 그녀에게도 그것은 부가적인 일이었고 진짜는 따로 있었다.

장담컨대 그녀는 어지간한 민간인 칼잡이보다 칼을 잘 다룰 것이다. 그녀가 재생 능력이 탁월한 각성자가 아니었다면, 운전대를 잡고 있는 양손은 흉터와 굳은살 투성이었을 테지.

또한 그녀는 신체 훈련에도 매진해 왔다. 지난번 골드 박스에서 뜬 민첩 수치를 제대로 활용하기 위해서 말이다.

사실 민첩 하나만 놓고 보면 그녀의 수치가 나보다 높았다.

어쨌든 그녀의 역할군은 힐러지만.

본 시대에서의 힐러들보다 더욱이 자신을 지킬 줄 알아야 했다.

"도움이 되겠지."

"그런데 왜? 배낭을 내 것까지 해서 두 개 준비해 왔어."

가능하면 힐러를 대동하고 싶다. 그러나 우연희에게는 탈주의 인장이 없고, 오로지 내 가슴에만 탈주의 인장이 남아 있었다.

설명을 마치며 물었다.

"정말로 던전에 들어가고 싶은 거냐?"

"돈이 더 필요해."

우연희의 대답이 바로 나왔다.

"주어진 자금 안에서 해결해. 무작정 비영리만 추구했다가는 거지꼴을 면치 못해."

"있지."

"왜?"

"나도 거기에 투자할 수 있을까?"

"조나단은 아직 민간 자금을 받지 않아. 그가 직접 굴리는 펀드도 연기금과 그의 순자산만으로 돌아가고 있지."

우연희는 조용했지만 알고 있는 눈치였다. 그녀가 반문했다.

"그룹 안에 다양한 헤지 펀드들이 있지 않아?"

"최소 자격이 백만 달러다. 법인 계좌에 그 정도 남아 있을 것 같진 않은데?"

"맞아. 그래서 날 데리고 가 줬으면 해. 이번에는 조금이나마 도움이 될 거야."

"전에도 이미 크게 도움이 됐어. 나 혼자 진입하겠다는 건 별거 아니다. 사전 탐사에 그칠 테니까, 넌 남아 있으라는 거다. 리더의 지시는 뭐다?"

"절대적이지."

"그래. 착하게 굴어. 우연희."

* * *

김제 시가지의 모텔.

붉은색 조명이 3류 에로 영화 같은 환경을 조성하고 있었다.

구태여 따로 방을 잡을 필요까진 없었다.

우연희는 모텔에 처음 들어와 봤는지, 호기심 어린 시선으로 내부를 두리번거리기 시작했다.

그러다 우연희의 시선이 천장으로 꽂혔다. 천장에 부착된 커다란 거울 안에도 우리를 똑같이 내려다보는, 또 다른 우리들이 존재했다.

붉은 조명을 평범한 조명으로 바꿨다.

그러자 붉은 조명에 감춰져 있던 우연희의 안색이 드러났다. 그녀의 얼굴이 민망하게 붉어져 있었다.

물이 들어가 있는 침대는 걸터앉자마자 몰캉거렸다.

우연희는 바닥에 앉았다. 그녀가 배낭을 열며 챙겨 온 생존품들을 설명하기 시작했다.

성냥, 양초, 바늘과 실, 올가미용 줄, 유연한 톱, 마약성과 비마약성 진통제의 알약과 주사, 붕대, 휴지, 외과용 칼날, 휴대용 식기, 고체 연료, 낚싯바늘과 낚싯줄, 여분의 서바이벌 나이프, 여벌 옷, 속옷, 신발, 식량, 물과 수통.

거기까지가 그녀가 자체적으로 구해 온 것이었다.

그 외 장검과 단검 그리고 트랩 제작에 필요한 재료들은 내 사무실에서 가져온 것이고.

문득 우연희의 시선이 낚싯바늘과 낚싯줄에 향해 있었다.

하지만 곧 트랩 제작에 필요한 거라고 생각한 모양인지, 의문 없이 넘어갔다.

김제의 던전에 대해서 아는 유일한 정보는 그곳의 구조

가 동굴형이라는 것이다. 물웅덩이가 존재하며 낚시 또한 가능한 곳.

어디까지나 비위가 좋다는 전제 하에.

“이제 박스를 까 보자.”

그 순간.

우연희의 얼굴이 밝아졌다. 그녀로서도 꽤나 오래 기다려 왔던 일일 터.

* * *

현재 우연희에게는 다량의 포인트가 남아 있다.

그녀가 상대적으로 높은 민첩 수치에 숙달된 후에 열어 볼 생각으로 미뤄 두고 있었다.

일순간 다른 능력치들도 함께 뛰어 버린 경우에는, 적응하지 못하는 애송이들이 있었기 때문이었다.

우연희의 능력치는 다음과 같을 것이다.

[이름: 우연희
체력: F(22) 근력: F(0) 정신: F(40)
민첩: F(64) 감각: F(0)
누적 포인트 : 3500

특성(3) 스킬(6)]

[특성 — 감응자: F(7) 부활자: F(0) 탐험자: F(0)]

[스킬 — 마리의 손길: F(6) 환희: F(0) 공포증 치료: F(0) 육체 치료: F(71) 용맹: F(0) 개안: F(0)]

우연희가 화성 던전에서 얻은 박스는 골드 박스 두 개와 플래티넘 박스 하나였다.

두 골드 박스에서 민첩과 육체 치료 수치가 떴고, 플래티넘 박스에서는 환희라는 새로운 스킬이 떴었다.

나는 모텔 안의 종이와 펜을 건네 그녀의 능력치를 다시 확인했다.

계산과 다르지 않았다. 기억대로였다.

현재 우연희의 능력치 종목은 나보다 하나 더 많다.

정신.

시스템 상에서는 그렇게 표현되어 있다.

능력치 정신은 정신계들의 고유 종목이다. 그들의 특성 감응자 때문에 파생된 종목이라는 것이 본 시대의 지론.

그러니까 이들 정신계들이 대상의 감정을 어느 정도까지 소화해 낼 수 있냐를 다루는 수치인 것이지, 역경을 이겨내는 힘 같은 정신이 활동하는 전반적인 힘을 나타내는 게 아니다.

아무리 시스템이라고 해도.

우리 인간의 복잡한 정신세계를 어떻게 수치화할 수 있겠는가!

우연희는 제 능력치가 적힌 종이를 빤히 바라보고 있었다.

"만일 탈주의 인장이 뜨면?"

"다 접고 서울로 올라가야지."

공략을 목표로 하기엔 시간이 얼마 안 남았다. 빌어먹을 학창 생활.

더러는 학창 생활로 돌아가길 간절히 소원하는 자들이 있을 테지만, 그렇다면 정신세계도 함께 철부지 때로 폭락해야만 할 것이다.

"하지만 탈주의 인장이란 건 그렇게 쉽게 나오는 게 아니야."

"던전 박스에서 많이 뜬다는 거 알고 있어. 그래도 말이야. 비록 미뤄지더라도 탈주의 인장이 뜨길 바라는 게 맞는 거지?"

"제대로 각 잡고 시작할 수 있겠지."

후퇴할 수 있는 기회로 리스크를 낮추고 들어가는 거다.

"브론즈 박스로 전부 열자. 열한 개."

"씻고 와서 해도 될까?"

나는 고개를 끄덕였다.

우연희가 본인만의 의식을 갖추겠다는 데 말릴 것까진 없었다. 내게는 몸과 마음을 경건히 하는 게 소용없는 일이지만 우연희에게는 아닐 수 있었다.

애송이 티를 조금씩 벗고 있는 그녀다. 존중해 줘야 할 부분인 것이다.

하지만 우연희는 실내 구조를 의식하지 못했던 것 같았다.

모텔 방은 화장실 벽이 콘크리트로 막혀 있지 않았다. 거울이 천장 역할을 하고 있는 것처럼 커다란 유리가 벽을 대신하고 있다.

반투명한 유리.

실루엣이 고스란히 보일 거란 것쯤은 누구나 짐작할 수 있을 것이다.

우연희는 잠시 망설였지만, 꼭 의식을 행하고 말겠다는 의지를 보였다. 그녀가 옷을 벗는 실루엣이 펼쳐지기 시작했다.

그쯤에서 나는 아예 누워 버렸다.

몸이 피곤했다. 일등석이라고 해도 장시간의 비행은 성가시다.

때문에 좋은 컨디션을 갖추고 시작하려고 여기 모텔에

들어온 것이었다.

실루엣을 감상하며 그녀가 나오길 기다린 지 몇 분.

그녀가 모텔 수건으로 머리를 감싼 채 나타났다. 옷은 여벌로 준비해 왔던 편한 차림이었다.

그녀의 얇은 목을 빤히 쳐다보았다. 뉴욕으로 날아가기 전, 거기에 큰 상처가 난 적이 있었다. 동맥과 가까운 부근이라 위험했던 순간이기도 했다.

실전을 가정했던 그날을 떠올리고 있을 때.

우연희가 말했다.

"준비됐어."

기쁜 기색보다 긴장한 느낌이 조금 더 강했다. 탈주의 인장을 의식하고 있어서였다.

"상자를 까는 순간만큼은 부담 갖지 마라. 그것마저 즐기지 못하면 이 짓거리는 계속해 나갈 수 없어. 알겠어?"

"응. 시작할까?"

"그래."

나를 향해 있던 우연희의 시선이 정면, 어느 허상(虛像)으로 고정됐다.

내게는 보이지 않지만 분명히 존재하는 그것.

우연희의 표정이 좋지 않았다.

"근력이 1 올랐어."

가뜩이나 우연희는 여자다.

박스의 도움 없이는 F(0)에서 올릴 수 있는 여지가 남아 있지 않을 확률이 컸으며, 실제로 고강도의 웨이트 트레이닝을 통해서도 올라간 근력 수치가 없었다.

몸매만 보기 좋게 탄탄해졌을 뿐.

"수치는 마음에 안 들겠지만 근력 자체가 뜬 건 좋은 거다. 계속해."

이번의 표정은 썩 나쁘지 않았다.

"육체 치료가 4 올랐어."

"다음."

우연희는 긴 숨을 내뱉었다. 이미 박스를 새로 깐 듯 보였다.

"이번에도 3밖에 안 올랐어. 그것도 별로 쓸모없어 보이는 탐험자로. 아무래도 다시 씻고 와야겠어. 그래도 되지?"

"물론."

우연희가 다시 씻고 돌아왔다. 이번에는 직전보다 씻는 시간이 배는 더 길어졌었다.

그녀의 시선이 상자가 있을 허공으로 옮겨졌다.

"민첩이 5 올랐어!"

마치 그녀의 의식이 효과가 있었다는 듯한 어투였다.

하지만 다음번 상자의 내용물에서 그녀는 결국 주저앉고

말았다.

그녀가 속상하고 분한 목소리로 말했다.

"다시 1이야. 마리의 손길."

"잠재력이 높은 스킬에 투입된 수치는 1이라도 훌륭하다. 기쁘게 받아들여."

"응."

우연희는 심기일전한 표정과 함께 자세를 꼿꼿이 세웠다.

그녀의 표정이 순간 환해졌다. 찰나에 그녀의 시선이 제 가슴으로 옮겨졌다가 돌아왔다.

인장이 뜬 것이다. 그러나 탈주의 인장은 아니었던 모양이다.

그래도 부쩍 즐거워진 표정은 달라지지 않았다. 그녀가 나를 바라보며 인장을 인계했다. 그녀는 계약 내용을 잊지 않고 있었다.

[우연희가 인장 '해방'을 인계 하였습니다.]

속박계의 마법 공격을 막아 주는 인장.

다른 인장들에 비하면 좋다고만은 할 수 없다.

그러나 나는 잘했다고 칭찬을 아끼지 않았고, 우연희는

보다 밝아진 얼굴로 다음번 상자에 돌입할 수 있었다.

"민첩에 6! 그래서 지금까지 민첩은 75점이야. 다음 등급 업까지 25점 남았어."

우연희는 작은 두 주먹을 꽉 쥐고 있었다. 흥분에 찬 콧바람 소리를 내면서 허공을 노려보기 시작했다. 이번엔 아이템이었다.

칼날이 잘 벼려진 단검 하나가 우연희의 손에 쥐어졌다. 그녀가 놀란 눈으로 나를 쳐다봤다. 그녀로서는 무기 아이템을 본 건 이번이 처음이었다.

그런데 손잡이나 날의 형태가 삼선(三善)의 주력 무기와 닮아 있었다.

그러나 브론즈 박스에서 나온 게 그것일 리는 없다.

우연희가 단검을 건네 왔다.

[광대의 단검 (아이템)

효과: 피해를 입힌 대상에게, 매우 낮은 확률로 무작위 부정 효과를 발동 시킵니다.

등급: F]

아무리 봐도 삼선의 주력 무기와 꼭 닮았는데…… 설마 이걸 강화시켰던 걸까?

브론즈 박스 따위에서 나온 것을?

* * *

몇 번을 봐도 그랬다.

이건 삼선의 주력 무기가 확실하다.

놈은 브론즈 박스에서 나온 하위 무기를 S급까지 강화시켰던 것이다.

하기야 삼선은 그런 녀석이었다. 뭔가에 꽂히면 제대로 파고든다. 그것이 던전이든 적이든, 놈에게 찍혀서 온전한 경우가 없었다.

"좋은 거지?"

우연희의 물음에 나는 고개를 끄덕였다. 비록 신들의 이름이 깃든 무기는 아니지만 위력은 충분히 입증되었다.

입증뿐일까. 팔악팔선과 휘하 S급 헌터들의 주력 무기 전체를 통틀어서도 세 손가락 안에 들었던 것이 녀석의 무기였다.

정신계도 아니면서 저주를 걸곤 했던 비밀이 바로 여기에 숨겨져 있었다.

무작위 부정 효과 발동!

거기다 본 시대의 데이터베이스에는 광대의 단검이 등록

되어 있지 않았었다.

삼선 녀석이 지워 버렸을 가능성을 배제할 수 없다. 그러나 나 또한 이 무기를 직접 본 적이 없었던 것까지 따져 보면 광대의 단검이 뜰 확률은 한정 아이템 취급을 받을 정도로 극악한 것 같았다.

우연희는 뿌듯한 눈길을 거두며 다음 상자에 돌입했다.

"이번에도 근력이야. 상승 수치가 낮아. 2."

우연희가 애매하다는 듯이 말했다. 그러고는 상자 까는 것을 잠시 미뤘다.

앞으로 남은 브론즈 박스는 네 개.

모텔의 소형 냉장고를 뒤진 그녀는 한겨울에 차가운 생수를 들이켜며 각오를 되새기고 있었다.

"탈주의 인장이 떠야 돼. 알았지?"

혼자 중얼거리는 거였다.

그렇게 띄운 것은 특성 감응자 수치 9.

"좋아. 운발이 붙고 있어!"

우연희가 내게서 배운 어투를 따라 했다. 그리고 그녀의 말은 사실이었다.

그녀의 시선이 또 허공에서 제 가슴으로 옮겨지고 있었다.

인장이긴 했는데, 광대의 단검이 뜬 이후에 강화의 인장이 떠 버린 것이었다.

[우연희가 인장 '강화'를 인계 하였습니다.]

마치 시스템이 광대의 인장을 강화해 보라고 귓가에 대고 속삭이는 듯했다.

우연희에게도 설명이 필요해 보였다.

"강화의 인장은 아이템 등급을 올리는 데 쓰이지. 한데 인장을 사용한다고 해서 무조건 등급이 올라가는 건 아니다."

"어김없이 또 운이야?"

등급이 올라갈수록 성공할 확률보다 실패할 확률이 커지고, 실패한 즉시 아이템이 파괴된다는 설명도 잇따라 붙였다.

우연희는 내 영향을 많이 받고 있다. 시스템에 회의적인 나를 따라서 그녀의 목소리에도 불만이 가득 묻어 나왔다.

"보상조차 운에 걸어야 한다니 이건 올바르지 못해. 던전에서 우리는 운에 맡긴 게 아니었잖아. 특히 너는 몇 번이고 목숨을 걸었어. 그런데…… 어쨌든 강화의 인장은 좋은 거 맞지?"

"잘 뜨지 않지. 탈주의 인장처럼."

"아!"

우연희는 숨을 깊이 토해 냈다. 아쉬움 반 기쁨 반이었다.

그녀는 부쩍 피곤에 지친 표정을 보이며 깍지를 꼈다. 두 팔을 앞으로 쭉 뻗거나 허리를 펴면서 스트레칭을 하기 시작했다.

운발이 붙고 있으니 다시 씻고 올 생각은 없는 것 같았다.

"다시 간다?"

그러던 갑자기였다. 우연희가 던전에서처럼 와락 안겨 왔다.

나를 올려다보는 그녀의 두 눈이 더할 수 없을 정도로 빛나고 있었다. 얼마나 흥분이 치솟아 버렸는지, 눈물까지 글썽이며 들뜬 목소리를 더듬어 댔다.

"떠, 떠 버렸어!"

남녀 사이에 같은 이불을 덮고 있으면 자연히 일어나는 일이 있다.

가뜩이나 우연희는 박스에서 왔던 흥분까지 더해져 숨을 빠르게 쉬고 있었다. 그녀는 좀처럼 잠을 못 이루고 있었다.

내가 그녀의 이름을 부르자 우연희는 화들짝 놀라서 도리어 눈을 더 세게 감아 버렸다.

침묵 속에서 기묘한 긴장감이 흐르고 있었다.

"내려가서 잔다."

"내, 내가 내려가서 잘게."

그제야 눈을 뜨는 우연희였다.

"됐어."

베개만 가지고 내려왔다.

바닥은 따뜻하게 데워져 있어서 이불이 따로 필요 없었다.

내게도 순간의 본능을 억누를 시간이 필요했다. 제멋대로 뜨거워진 피가 상당히 성가시고, 침대 위에서 들려오는 우연희의 숨소리 또한 마찬가지였다.

하지만 우연희와는 몸을 섞는 관계로 치달을 수 없었다.

단언컨대 던전은 그런 우리를 가만히 놔두지 않을 것이다. 싸워야 할 때 싸우지 못하게 만들 것이며, 버려야 할 때 버리지 못하게 만들 것이다.

본 시대에서도 그렇게 가 버린 머저리들이 꽤 많았다.

사랑?

그런 게 있었을 리가. 그저 몸 정 따위가 전부였어도 거기에 구속되었다.

탈주가 절대 용납할 수 없는 룰이었다면, 동료와의 성관계는 그보다 두 단계 낮은 본인들부터가 지양해야 할 일이었다.

우연희로서는 알 수 없는 일이겠지만.

*　　　*　　　*

아이템발로 감각이 한 등급 상승했음에도 구애되지 않았다.

애송이들은 이렇게 하지 못한다.

갑자기 예민해진 감각 때문에 밤잠을 설치고, 항상 날이 서서 공격적으로 변한다. 감각을 다스리는 법을 터득하기 전까지 말이다.

그리고 감각이 또 한 등급 상승하면 같은 짓을 반복한다.

눈을 떴을 때 이불이 덮여져 있었다. 감각을 제대로 눌러 놓았다는 증거였다.

밤중에 우연희가 이불을 덮어 줬을 때 깨지 않았으니까.

"몇 시야?"

"한 시."

오전 한 시는 아니었다.

일어나서 커튼을 젖히자 햇살이 쏟아져 들어왔다.

“많이 피곤해 보여서 깨우지 않았어.”

“가자.”

다만 밤중에 내린 눈으로 고속 도로는 심각한 정체였다. 첫 끼니를 고속 도로 휴게소에서 때운 지도 두 시간이 넘게 흘렀다.

여전히 고속 도로에 갇혀 있었다.

추억의 노래들에 귀를 기울이고 있던 것도 지겨워질 무렵.

라디오 채널을 돌렸다.

경제 시사 채널. 마침 IMF를 되돌아보는 프로그램이 진행되고 있었다.

볼륨을 키웠다.

우연히도 IMF라면 국치(國恥)라고 표현할 만큼 잘 알고 있었기에, 음악 방송보다는 차라리 낫다는 반응이었다.

“우리나라가 IMF 관리를 받기 시작하면서 두 가지 기류가 형성됐다죠?”

“그렇습니다. 하나는 국내 대기업의 무분별한 빚 경영으로 환란을 가져왔다는 원죄론. 그리고 다른 하나는 외국 기업과 외국 자본가들에 대한 지나친 짝사랑. 이 두 가지입니다.”

"작년 지금쯤이었죠. 금융계의 거물, 조나단이 방한했던 때를 빼놓고 말할 수 없겠네요."

"올해도 그렇습니다. 실버만과 AP 머건의 고위직 인사들이 방한했을 때에도 특사 대접을 받았고. 작년 9월에 전일 인베스트먼트가 추가로 100억 달러의 외화를 차입했던 날에는 국경일이라도 된 듯했습니다. 전일 인베스트먼트가 한자권 이름을 달고 있다고 해서 모두가 잊고 있지만, 그들은 철저한 외국 자본입니다."

"반면에 국내 기업과 기업가들에게 보내는 시선은 너무도 쌀쌀합니다."

"그러니 국내 기업인들이 움츠러들 수밖에요. 정부에서는 세계에서 가장 기업하기 좋은 나라를 만들겠다고 하지만 말뿐이지 않습니까. 기업의 본질이 뭡니까."

"이익 창출 아닙니까?"

"그래요. 그걸 잊고 있습니다. 기업에 정치, 사회, 문화적 책임을 지우려 하니 문제가 복잡해지고 앞으로 나아가질 못하는 겁니다. 반기업 정서가 나라를 망치고 있는 꼴인데, 한국 경제가 재도약하기 위해서는 기업 사랑이 우선되어야 할 일인 겁니다."

국가 경제와 향후 전망을 검토하는 시간이 될 줄 알았건만.

하필이면 재벌 기업에게 돈 먹은 채널이었다. 아니, 재벌 기업 소유의 채널이라는 것이 정확하다.

"문득문득 딴 세상 이야기 같다는 생각이 들어. 분명히 나는 여기서 살고 있는데. 지금도 운전을 하면서 서울로 돌아가고 있는데. 하늘에선 예쁜 눈도 내리고."

우연희가 말했다.

"너는 이 위화감을 어떻게 해결하고 있어? 맞다…… 직업 같이 여긴다고 했지?"

"채널 돌린다."

"응."

"세계 신용평가기관들이 한국의 국가신용등급을 파격적으로 조정했습니다. 기존의 투자 부적격 중 가장 높은 단계였던 BB+에서 몇 단계 상승한 투자 적격 A-로 전격 조정한 것입니다. 투자 적격 이유로 경상 수지 흑자와 800억 달러에 달하는 가용 외환 보유액 등을 꼽았으며, 이는 올해 한국이 순 채권국으로 전환될 가능성을 시사하였습니다."

사실상 우리나라의 외환 위기는 그 막을 내리고 있었다.

본래는 01년 8월 23일에 IMF에서 탈출하게 된다. 그것도 빠르게 앞당겨질 것이다. 내년인 00년 상반기 안에 어떻게든.

이 거대한 날갯짓이 향후 계획되어 있는 투자들에서만큼은 미미한 영향만을 끼치길 바랄 뿐이다.

* * *

고속 도로에서의 시간이 느릿하게 흘러가고 있었다.

스킬 개안이 자동적으로 발동하는 밤이었다.

한데 눈이 내리는 겨울밤만의 정취가 있는 법이다.

[개안을 취소 하였습니다.]

비로소 본래의 정취를 찾았다.

반면에 우연희의 눈동자에는 여전한 붉은 빛깔이 머금어져 있었다.

스킬 발동 효과다.

던전 안에서는 특유의 어둠 속에 파묻혀 뚜렷하지 않으

나 이렇듯 현실 세계에서는 제 존재를 어김없이 드러낸다.

우연희가 그 눈으로 나를 힐끔 쳐다보았다.

"눈 좀 붙이고 있어. 이런 속도라면 두 시간은 더 가야 할……."

그러나 나는 이미 광대의 단검을 꺼내고 있는 중이었다.

현재 보유 중인 아이템은 B 등급의 지배의 반지, E 등급의 속박의 메달, E 등급의 활력의 귀걸이, F 등급의 눈먼 자들의 반지와 예민한 자들의 배지 그리고 마지막 광대의 단검이다.

F 등급짜리 강화 인장을 적용할 수 있는 아이템은 동 등급의 아이템인 세 개뿐.

그리고 눈먼 자들의 반지보다는 감각을 올려 주는 예민한 자들의 배지. 그리고 그보다는 삼선 녀석이 그랬듯 광대의 단검 쪽에 강화를 시도하는 게 당연한 일일 것이다.

내게도 나만의 의식이 있다.

강화만큼은 밤에 한다.

A급 무기였던 그것을 S급으로 띄웠던 그 날에도, 지금 같은 밤이었다.

"이걸 E 등급으로 띄우면 보너스를 주지. 그러니까 뜨길 바라는 게 좋을 거다."

"반드시 될 거야. 우리 운발 좋잖아."

아마도 우연희는 그녀의 가슴에도 박혀 있는 인장을 떠올리고 있는 것 같았다.

덕분에 다음 기회에 제대로 시작할 수 있게 되었다. 탐사 목적으로 탈주의 인장을 날리는 것보단, 처음부터 공략을 목표로 잡고 그래도 어쩔 수 없을 경우에 후퇴하는 게 백번 낫다.

그때 시스템이 육감에 반응했다.

[인장 '강화' 를 사용 하였습니다.]

[강화 하시겠습니까?]

[대상: 광대의 단검]

"시작해."

[인장 '강화' 가 제거 되었습니다.]

화악—

구릿빛 빛무리가 단검을 빠르게 감싸 돌며 나타났다.

단검을 힘껏 움켜쥐었다. 강화에 실패해 버리면 힘이 가득 찬 손아귀 안이 텅 비어 버릴 것이나.

[축하합니다. 강화에 성공 하였습니다.]

손아귀 안의 단검은 그대로였다.

됐다!

[아이템 등급이 상승 하였습니다. 변동: F → E]

[아이템 효과가 변동 되었습니다.

변동: 매우 낮은 확률 → 낮은 확률]

[축하합니다! 차순위 강화 보상으로 골드 박스가 지급됩니다.]

[민첩이 57 상승 하였습니다.]

[축하합니다! 민첩이 한 등급 상승 하였습니다.

F → E]

[업적 '누구보다 빠르게' 를 달성 하였습니다.]

[차순위 업적 달성 보상으로 특성 ' 질풍자 '를 획득 하였습니다.]

Chapter 6.

하루도 안 바쁜 날이 없었다. 그러나 오히려 박충식은 힘이 넘쳐 났다. 고꾸라져 있던 남성 기능까지도 회복된 지 오래다.

그동안 회계 측 이사인 조대환과 보이지 않는 알력 싸움이 존재하긴 했었다.

하지만 최근 있었던 인사 개편은 그가 명실상부, 전일 그룹의 이인자임을 분명히 하는 계기가 되었다.

30여 개 대기업과 휘하 계열사들의 최대 주주.

재벌 그룹 대후와 전일은행으로 사명을 바꾼 외환은행의 모태(母胎).

하물며 전일 그룹이 소유한 부지만 밟고도 서울에서 부산까지 갈 수 있다는 말도 떠돌지 않았던가.

그래서 세간에서는 그를 두고 재통령(財統領)이라 불렀다.

"그런 말씀 마십시오. 어르신까지도 왜 그러십니까."

박충식은 손사래를 쳤다.

"말이야 바른말로, 외국인 가시나가 하는 게 뭐 있겠나. 다 우리 재통령 박 이사의 공로가 이만저만했던 게 아이가?"

막상 뱉어 놓고도 조환은 아차 싶었다.

분위기가 너무 좋아서 선을 넘고 말았다. 그걸 깨달았을 때에는 박충식의 웃던 미소가 일순간 싹 지워졌을 때였다.

"아이고 이를 우짠다. 벌주 한 잔 하면 우리 박 이사 속 좀 풀리겠노?"

조환은 물 잔에 소주를 가득 부어 한숨에 들이켰다. 박충식이 말릴 사이도 없었다.

"저도 한 잔 크게 마시겠습니다."

"그러지 말라카이. 내 너무 지나쳐서 마신 벌주 아이가."

하지만 박충식 또한 그 많은 소주를 원샷했다.

그래도 박충식은 자신 있었다.

몸에서 넘쳐 나는 활력 때문에 마치 새사람이 된 듯, 최근 들어서는 숙취에 시달리는 일도 없었다.

"젊은 나이와 출중한 외모 때문에 가려져서 그렇지, 우리 대표 이사님만 한 분도 없습니다. 일성의 대표 이사도 여성입니다."

"맞다. 맞네. 여성시대 아이겠나. 내 벌주 또 마셔야 카나?"

"아닙니다."

"그라믄 얼굴 좀 풀그라. 재통령이 화내면 내 무서워서 어찌 잘 수 있겠노."

"재통령, 재통령. 분에 안 맞는 옷입니다. 정작 제 재산이라고 해 봐야 회장님의 발톱에 낀 때만 못 하단 거 잘 아시지 않습니까."

"인자 고마 그런 약한 소리 말라카이. 내 눈은 못 속인데이. 박 이사가 돈을 밝히는 인사였다믄 김앤박에서 안 나왔겠재. 오늘 보라. 대현 쭉정이 할배도, 머리에 피도 안 마른 일성 가시나도 박 이사 앞에서 쪽도 못 썼다 아이가. 내 속이 어찌나 뻥 뚫렸는지 알고 있나?"

박충식은 웃어 보이며 맞장구쳐 줬다.

그가 손목시계를 확인했을 때.

조환이 서둘러 말했다.

"내가 너무 붙잡고 있재? 용건 빨리 말할게."

"예."

"우리 한실 제과, 박 이사 작품이가?"

조환은 태연하게 물었지만, 그 속내를 못 알아챌 박충식이 아니었다.

박충식은 자신을 빤히 쳐다보는 조환을 앞에 두고 입을 다물었다. 아쉬운 건 상대였고, 스스로 보따리를 풀기 전까진 말을 아낄 참이었다.

"입 다물기가?"

"예. 어르신. 제가 무슨 말씀을 드려야 할까요."

"내 다른 말 하지 않을게. 전일 그룹에 들어간 한실 제과. 지분 거두라. 시장에 풀면 내 알아서 하겠고마. 하믄 큰 걸로 백 장 줄게."

백 장.

그 백억 앞에서 박충식은 무표정으로 일관했다.

"그게 제 재산이라면 어르신 소원 풀어 드린다 하고 잔말 없이 그리해 드렸을 겁니다. 한데 똑같은 말씀 드려야 합니까? 한실 제과 지분 정도로 왜 그러시는 겁니까."

"몰라서 하는 소리가? 능구렁이 다 됐데이. 박 이사 작품인 거 확인했고마."

특히 재계 순위 열 손가락 안에 드는 곳들의 특정 계열사들만큼은 수단과 방법을 가리지 말고 손에 넣으라는, 대표 이사 제이미의 지시가 오래전부터 있었다.

예컨대 한실 그룹에서 한실 제과는 변두리 중에서도 변두리에 속하는 작은 계열사다.

식품 업계만 놓고 보자면 제과보다 라면과 스낵이 있는, 한실 식품 쪽의 규모가 월등히 크다.

그러나 한실 제과는…….

'한실 그룹의 지배 지분을 담당하고 있지. 골치 아플 거다.'

박충식은 술잔을 넘겼다.

"시간이 늦었습니다. 죄송하지만 이만 회사로 복귀해야 할 것 같습니다."

"천 장이면 되겠나? 깨끗하데이. 절대 탈 안 날 기다."

"어르신. 제가 돈 밝히는 인사였다면 김앤박에서 나왔겠습니까?"

"밝히지는 않아도 쩐 싫어하는 인사가 어디 있카나? 내년에도 전일에 엉덩이 딱 붙이고 있을 거라 누가 장담하겠노? 세상사 모르는 기라. 내 주머니에 쌈짓돈 정도는 있어야 든든하데이."

"말씀 새겨듣겠습니다. 살펴 들어가십시오. 어르신."

"박 이사. 박 이사!"

박충식은 그냥 웃어넘겼다. 늦어도 한참 늦은 한실 그룹의 회장이었다.

일천억? 천만에. 두 배의 제안도 있었다. 대현 그룹에서.

고작 일이천억 원 먹자고 재통령의 왕좌(王座)에 위험이 되는 짓을 하는 건, 정말로 돈밖에 모르는 철부지들이나 할 법한 일이다.

박충식은 그 누구도 부럽지 않았다.

직전에 마주했던 십대 재벌의 늙은 총수가 가진 돈도, 그가 소유하고 있는 사업체들도. 어차피 그의 왕좌 아래에서 납작 엎드리는 하층 계급이 아니던가.

박충식은 차로 돌아왔다.

"한실 그룹 비서들이 트렁크에 실어 놓은 게 있습니다."

운전석의 남자가 말했다.

"명석하다고 업계에 소문이 자자해서 빼 왔더니……."

"예?"

"사람이 눈치가 있어야지 않겠나."

"죄송합니다."

"오늘이 첫 출근이라 이번은 그냥 넘어가네. 당장 빼시게."

박충식은 시트에 몸을 맡기며 핸드폰을 열었다.

〈 회사로 들어가고 있습니다. 조금 늦어졌습니다. 〉

〈 어쩌죠. 결산 회의는 내일 오전으로 미뤄야 할 것 같네요. 댁으로 들어가시겠어요? 〉

〈 그럼 내일 회사에서 뵙죠. 〉

핸드폰을 끊은 박충식은 시간을 확인했다.

오후 11시.

결산 회의를 미룰 수 없다며 늦어도 좋으니, 꼭 회사로 복귀하라던 게 바로 몇 시간 전이었다. 그런데 대표 이사가 먼저 약속을 깨고 나왔다.

지난달 청와대에서 초청했던 날에도 결산 회의 때문에 거부했던 여자가, 대표 이사 제이미였다.

'가시나…… 연애하나? 아니지. 고작 연애 때문에 미룰 가시나가 아니야. 이 시각에 결산 회의까지 미룰 사안은 그것밖에 없지.'

전일 그룹의 지주 회사는 전일 인베스트먼트다.

전일 인베스트먼트는 다섯 개 외국계 투자 업체가 똑같은 비율로 지분을 가지고 있으며 한국에 퍼부은 막대한 달러들 전부가 그들의 주머니에서 나왔다.

지금까지 박충식은 그들, 전일 그룹의 진짜 주인들을 만나 본 적이 없었다.

박충식은 그들을 떠올리면 소름부터 끼쳤다.

IMF 위기를 틈타 한국 경제를 잠식한 자들이지 않은가.

그럼에도 여전히 얼굴마담만 내세운 채, 검은 장막 뒤에서만 존재하는 자들이었다.

한때 박충식은 그들과 닿기를 간절히 바랐던 적이 있었다.

그래서 대표 이사 제이미를 압박했던 경우도 있었으나 이제는 아니었다.

'무소식이 희소식인 거다. 그간의 공로에 대한 치하도, 어떤 언질도 없는 것은…… 이대로만 해 나가라는 뜻이겠지.'

또 지금까지 보건대 그들이 장막을 거둘 날은 오지 않을 것 같았다.

그럴 계획이었다면 진즉 그랬을 터.

박충식은 지금 체제가 계속 이어질 거라 확신하고 있었다.

자신의 왕좌에는 변동이 없는 것이다.

* * *

서울에 진입했을 때는 밤 열한 시가 넘어가고 있었다.

던전 탐사는 다음으로 미뤄졌지만 처리해야 할 업무는 여전했다.

뉴욕과 맨 섬의 투자 금융 그룹 그리고 일악을 쫓는 조직 외에도, 국내의 일이 진행 중에 있었다.

전일 그룹 말이다.

우연희가 대로변에 차를 댔다. 이후 일정에 대해서는 이미 대화를 나눴기 때문에 짧은 인사를 끝으로 차에서 내렸다.

인적이 드물었다.

주변 빌딩들도 불 켜진 곳이 많이 없이 어두웠다. 이 시각까지 불 켜진 곳은 외환 투자 부서가 존재하는 몇 개 빌딩의 몇 개 층뿐이었다.

빌딩 로비의 히터 앞에 서 있는 여자. 커다란 후드로 얼굴을 덮고 있는 그 여자가 제이미였다. 문자로 통보한 시간에 맞춰 나를 기다리고 있었다.

로비의 젊은 경비 요원은 나를 알아보지 못했다. 내가 먼저 눈인사를 하고 나서야, 그도 황급히 고개를 꾸벅였다.

한편 제이미는 이쪽의 인기척을 듣고 막 몸을 돌리는 중이었다

찰나지만, 내 전신을 훑어보는 그녀의 시선을 느낄 수 있었다.

"슈트를 입으신 모습은 처음 보네요."

그녀가 내 뒤를 따라오며 말했다.

"이 나라에는 지금 들어오셨나 봐요? 피곤하시진 않으세요?"

그녀는 오랜만에 본 내게 많은 말들을 건네 왔다. 하지만 그것도 엘리베이터 안에서 갑자기 사라지고 말았다.

나는 우연희의 차에서 내리면서부터 외투 안쪽으로 광대의 단검을 감추고 있었다.

그렇게 부자연스럽게 외투 안으로 들어간 팔 모양새는.

누가 보더라도 위험한 물건을 감추고 있는 모습일 수밖에 없었다.

제이미는 굳어 버렸다.

아무렇지 않은 척을 하려 해도 긴장한 기색이 역력했다. 내가 단검을 외투 밖으로 드러냈을 때에는 짧은 신음 소리까지 냈었다.

"단지 수집품일 뿐입니다."

단검 날이 엘리베이터 조명을 받아 번뜩였다. 제이미는 웃어 보였다. 그러나 몹시 어색해서 웃지 않는 것이 차라리 나을 판이었다.

오랫동안 비워져 있었던 사무실은 냉기로 가득 차 있었다.

소중한 단검을 금고 위에 올려놓은 다음, 보일러부터 틀었다.

그때도 제이미는 단검을 의식하고 있었다.

그 다음으로.

표적에 박혀 있는 석궁 화살들.

진열된 또 다른 단검과 긴 칼들.

휴지통을 채우고 있는 피 굳은 붕대 순으로 그녀의 시선이 옮겨져 갔다.

그래서 그녀는 사무실 입구에서 어정쩡하게 서 있는 채였다.

그녀는 내가 손짓을 한 후에야 조심스럽게 들어왔다. 위험한 청부업자의 작업장에 들어오는 것 같이, 불안한 얼굴 그대로.

"곧 따뜻해질 겁니다."

그녀도 나도 외투를 벗기엔 아직은 공기가 몹시 차가웠다.

그때 내 앞에 앉은 제이미는 순간적으로 내 배지를 쳐다보았다.

감각을 한 등급 올려 주는 배지가, 어쩌면 그녀에게는 정체불명의 내 소속에 대해서 알려 주는 물건으로 여겨질 수도 있었다.

그러나 그녀는 배지에 대해서 묻고 싶어도 물을 수 없었다.

그녀는 겁에 질려 있었다.

“믹스 커피 드십니까?”

“네.”

커피를 타면서 말했다.

“그동안 뉴욕에 있었습니다. 피차 바쁜 날들의 연속이었죠. 전일 그룹의 투자 사안에 대해서는 일간지로 접해 오고 있었습니다.”

“이 나라 언론은 아직 잠잠할 텐데요. 기사화할 엄두도 내지 못하고 있을 테고요.”

“그래서 제이미에게 직접 들으려고 부른 겁니다.”

국가가 환란을 겪고 있을 때.

재벌 그룹들은 비자금을 형성하는 동시에 지배 구조 개편에 돌입했다.

재벌 그룹 휘하에 수많은 계열사들이 존재하지만 그중에서도 실질적인 지주사 역할을 하게 되는 것들이 생겨나는 것이다.

이를테면.

일성 그룹을 놓고 보면 일성 드림랜드에서 일성 생명으로, 이는 다시 일성 전자로 이어지고 일성 카드로 간 다음에야 다시 일성 드림랜드 순으로 지분 구조를 순환시킨다.

그래서 일성 그룹은 일성 드림랜드의 지분만으로 일성 그룹 수십 개 계열사 전체를 지배하게 된다.

대현 그룹의 대현 엘리베이터, 한실 그룹의 한실 제과도 마찬가지.

계열사 간 지배 구조의 정점에 있는 지분.

향후 경영권 승계 과정에서 핵심적인 역할을 하는 지분.

그것이 바로 우리들이 말하는 지배 지분이다.

그룹 전체의 총 지분율이 백분율 한 자릿수도 되지 않으면서 그룹을 지배할 수 있는 힘이 거기에서 나온다.

"그렇지 않아도 기다리고 있었어요."

제이미가 대답했다.

지금까지 겁먹었던 기색과는 달리 자신감이 섞여 있었다.

* * *

한여름에 접어들었다.

천재지변만큼은 예외 없이 정해진 날짜에 들이닥쳤다.

태풍 올가가 한반도를 강타한 날, 미친 듯한 폭우에도 불구하고 이미 달아오른 증시 시장의 열기는 식지 않았다.

본래는 뉴욕의 닷컴붐을 타고, 그 열기를 우리나라의 코스닥 시장이 뒤쫓는 격이었다.

그러나 작년 하반기에 러시아발 금융 전쟁이 끝난 후, 전일 그룹에 투입했던 100억 달러가 우리나라 코스피 시장으로 모조리 투입되면서 변화를 일으켰다.

우리나라 증시에 훈풍을 가져온 것이다.

지금은 크게 조정받은 상태지만 한때는 주가 지수 1000 선을 뚫은 날도 있었으니 상당한 변화였다. 이 시절에…….

오죽하였으면 대현 증권에서 '바이 코리아 펀드'를 서둘러 내놓았을까.

우리나라 증시에서 외국인이 싼값에 주식을 다 쓸어 가기 전에 국내 주식을 매수해야 한다며 애국심에 호소했던 펀드.

최초의 펀드 열풍이면서 대중들이 펀드라는 금융 상품에 대해서 처음으로 관심을 가지게 된 사건이라 할 수 있다.

한데 바이 코리아 펀드만큼이나 앞당겨진 것이 하나 있었으니.

바로 '사이버 코리아 21' 정책이었다.

그것은 우리나라가 IT 강국으로 발돋움할 수 있었던 기념비적인 정책임과 동시에 코스닥 붐을 알리는 지표라 할 수 있다.

거기에 코스피에서 불어왔던 따뜻한 바람까지 더해져 코스닥 시장은 열화(熱火)로 폭발하고 있는 중이다.

코스닥 붐이 기존 역사대로 진행되고 있지만 시작된 유래가 달라진 것이다.

뉴욕의 닷컴 붐을 추종하는 게 아니라 우리나라 자체적으로 생성된 투기판이었다.

* * *

최소한 고등학교까지는 정상적으로 마치고 싶었다.

당신의 하나뿐인 아들이 다른 자식들과는 유별나게 성장하고 있기 때문에, 적어도 학과 과정만큼은 평범하게 돌려드리고 싶은 마음에서였다.

그러나 중학교까지가 한계라는 것을 절실히 깨달아 왔었다.

그 날.

광대의 단검을 강화시켰던 날, 민첩 등급도 한 등급 상승시킬 수 있었다. 그런데 강화도 민첩도 최초 보상을 선점한 녀석들이 존재했었다.

그날에 결론이 설 수밖에 없었다.

그래도 이왕이면 철없어 보이는 모습보단 미래가 준비된 모습으로, 걱정이 아닌 믿음직스러운 기대를 심어 드리고 싶었다.

자식 된 도리로서.

"안녕히 다녀오셨어요."

늦은 밤. 벌써부터 가슴 부근에 싸한 느낌이 들기 시작했다. 아버지께서 편안한 잠옷으로 갈아입으실 때까지 기다렸다.

"잠깐 드릴 말씀이 있어요. 아버지."

거의 1년, 당신께서 맡기셨던 100만 원에 대해서 한 번도 묻지 않으셨던 아버지께서는 그 일 때문에 내가 당신을 기다리고 있었다는 것을 직감하신 듯했다.

아버지는 내 침대에 걸터앉으셨다. 그러고는 모니터에 띄워진 HTS 화면을 바라보셨다.

하지만 정확한 숫자까지는 보이지 않는 거리라서 아버지의 표정에는 아직 변화가 없다.

"주식 거래 시작했어? 코스닥에는 안 들어갔으면 좋겠는데…… 어디 한번 보자."

아버지께서 컴퓨터 의자로 자리를 옮기셨다.

나는 아버지 옆에 서서 같이 모니터 안을 들여다보았다.

「 계좌명 : 나선후 」

「 계좌 가치 : 143,500,000 ₩ 」

「 평가 손익 : + 142,500,000 ₩ 」

「 수익률 : + 14250 % 」

아버지께서 맡기신 100만 원은 1억 4350만 원이 되어 있었다.

그때부터 마우스를 움직이는 아버지의 손이 바빠졌다.

조용한 가운데 딸각거리는 마우스 클릭 소리만 났다.

아버지께서는 지난 반년간의 거래 내역을 몇 번이고 되짚기 시작하셨다.

"……학교는 어떻게 하고?"

"전부 예약 거래로 했어요."

아버지께서도 실버 뱅크를 모르실 리가 없었다. 최근에는 주가 조작 혐의로 떠들썩했을 뿐더러 현 코스닥 광풍(狂風)의 시발점이기도 하니까.

거래 내역은 수십 페이지였다.

아버지께서는 올해 4월경에 집중되어 있는 거래 내역들에 화면을 고정시키셨다.

당시는 실버뱅크의 시세가 널뛰기하던 때로, 지금의 막대한 수익률을 끌어낼 수 있었던 원동력이 되었던 때였다.

딸깍.

마우스 버튼 소리와 함께 화면이 5월의 거래 내역으로 넘어갔다.

수백 건의 거래 내역이 일사분란했던 바로 직전과는 달리 5월의 거래 내역은 단 한 건뿐이다. 최고점을 찍었을 때 전부 팔고 나온 기록 하나.

실버뱅크는 단순히 사 놓고 기다리기만 했어도 5500% 그러니까 55배의 수익률을 보장했다. 한데 나는 중간 거래를 이용하여 그 3배에 육박하는 142배의 수익률을 낸 것이다.

오늘?

오늘의 실버 뱅크 시세는 최고점에서 반절가량 폭락한 상태다.

"……거래를 왜 중단했어?"

아버지께서 혼란 가득한 목소리로 물으셨다.

"지켜보고 있는 회사들이 있어서 진입 시점을 계산 중이에요."

"말해 봐라."

1년 동안 147배 상승하는 훈민정음 컴퓨터.

6개월 동안 150배 상승하는 밝음 기술.

40일 동안 93배 상승하는 서특.

25일 동안 17배 상승하는 내일 커뮤니케이션.

언급하고 있는 종목 중에는 아직 상장되지 않은 종목들도 있다.

네덜란드의 튤립 마니아 사건이 역사상 최고의 거품으로 언급되곤 하지만 신뢰할 만한 자료가 없는 이상.

밝음 기술이야말로 세계 최대의 거품이었고, 바로 우리나라 안에서 일어나는 일이었다.

장기로까지 이야기를 끌고 가면 고작 6센트에 불과했던 가상 화폐가 30만 배가 넘는 상승률을 기록하긴 하지만.

그 가상 화폐도 단기 상승률만큼은 지금의 코스닥 붐에 비교할 바가 되지 못했다.

모두가 미쳐 있던 시기 아니던가.

가정주부는 아들의 컴퓨터 방 안에만 앉아 있고, 택시 기사들은 기사 휴게소보다 증권사 안에서 모이고, 대학생들은 수강은 뒷전이고 대학가 PC방에서 주식 창만 들여다본다.

그러나 거품이란 게 언제나 그렇듯, 거품이 꺼지고 난 뒤의 피해는 고스란히 일반 대중들의 몫이 될 것이다.

당장 실버뱅크가 전고점 대비 50% 하락한 것만 봐도 말이다.

"보여 드릴 게 있어요."

어렵게 말을 꺼냈다.

아버지께 컴퓨터 자리를 인계받았다.

메일 창을 띄웠다. 조나단 투자 금융 그룹의 계정에서 발신해 온 메일이 있다.

「제목: 환영합니다. Mr. Na

우리는 귀하의 리서치에 깊은 감명을 받았습니다. 특히 굿컴과 APE에 대한 상세 보고와 나스닥 시장에 대한 전반적인 전망에 대하여 말입니다.

뛰어난 헤지 펀드 매니저로 명성을 떨치고 있는 월콘셉 또한 미성년자 때부터 애널리스트로 활동해 왔다는 사실을 아십니까?

귀하가 먼 나라의 미성년자이기 때문에 사외 애널리스트를 고집하고 있으나, 우리로서는 귀하와 본사에서 함께 얼굴을 맞대며 일하고 싶다는 게 본 그룹의 분명한 입장입니다.

아무쪼록 본 투자 금융 그룹의 애널리스트로 발탁되었음을 알리게 되어 무척 기쁘며 회신 기다리고 있겠습니다. 축하드립니다. MR.Na」

아버지께서는 HTS 안의 숫자보다 더 충격을 받으신 모습이셨다.

말없이 나를 쳐다보는 당신의 두 눈 안은 온갖 물음들로 가득 차 있었다. 나는 대답이 될 만한 것을 꺼내 보여 줬다.

메일에서 언급되고 있는 리서치였다.

한편 나로서는 보스 몬스터 앞에 홀로 선 것보다 더한 긴장감에 휩싸여 있었다.

고등학교를 졸업하고 명문 대학의 입학 서류와 함께 내밀려던 것을 상당히 앞당기고 있었기 때문이었다. 고작 중학교 3학년의 여름 방학에.

“아버지께서 주식 통장을 만들어 주셨던 게 1년 전이었어요.”

“……그랬지. 이걸 네가 작성한 거라고?”

아버지께서는 영문으로 작성된 리서치에서 눈을 떼지 못하셨다.

“그때부터 혼자서 공부해 왔어요.”

변명처럼 들렸을 것이다.

그때 아버지께서는 리서치에서 시선을 떼시고는 방 내부를 둘러보셨다.

아버지의 얼굴이 갑자기 어두워지고 있었다. 책장 한 칸에 가득 차 있는 책들을 발견하시며 그중 한 권을 꺼내 드시던 때였다.

하아.

아버지의 입술 사이로 깊은 한숨이 길게 뿜어져 나왔다.

아버지께서 영문으로 된 금융 서적을 바라보며 말씀하셨다.

"1년 동안 혼자 영어를 익히고 이 원서들을 독파한 거냐?"

"영어는 원래 할 만큼 할 수 있었어요. 흥미 있는 과목 중 하나였으니까요."

유별나게 성장했던 당신의 자식이 더욱 유별나지는 순간일 수밖에 없었다.

차마 아버지를 똑바로 바라볼 수가 없었다.

고개를 숙인 시선 안으로 들어오는 바닥 장판은 칙칙한 회색이었다. 평소보다 더욱 칙칙한 그 색이 어쩐지 가슴을 옥죄어 오는 것 같았다.

가슴이 싸늘한 것을 넘어서 저릿해지던 무렵이었다.

"왜 죽을상이야?"

아버지의 목소리 또한 뒷머리를 무겁게 짓눌러 왔다.

"죄송합니다."

"죄송하긴 또 뭐가 죄송해. 너는…… 아주 어렸을 때부터 그래 왔어. 우리가 너를 낳았기만 했어? 같이 밥도 먹고

같이 잠도 자고 항상 끼고 살았어. 우리라고 네가 특별한 자식인지 왜 몰랐겠냐. 고개 들어 인마. 잘못한 거 하나 없어."

고개를 들었을 때 아버지께서는 많이 정리된 얼굴이셨다.

비록 눈가에 눈물이 맺혀 있지만 한번 웃어 보이시는 걸로 털어 내셨다. 아니, 그러셨다고 생각했었다.

"내가 속상한 것은 내 자식 인생에서 중요한 순간이었던 날들을 함께하지 못했기 때문이지 다른 게 아니야. 그러니까 인마. 중간 보고 한 번씩 해 줬으면 서로 좋았잖아."

아버지께서 침대 옆으로 자리를 옮기셨다.

당신의 옆자리를 툭툭 쳐 보이셨다.

그 옆에 앉자 도리어 아버지의 고개가 바닥을 향해 떨어졌다.

"바빠서…… 우리 아들에게 신경을 너무 못 써 줬어."

"그런 말씀 마세요."

"대체 이게 뭔 짓인지 모르겠다. 경사를 앞에 두고 서로 주접이나 떨고 있네. 그렇지 않냐? 그래서 네 생각은 뭔데?"

"중학교까지 마치고 고등 과정은 검정고시로 패스하고 싶어요."

"그래. 잘 생각했다."

아버지께서는 일 초의 망설임도 없으셨다. 그렇게 말씀하시고는 내게 어깨동무를 해 오셨다.

"다 큰 녀석이 언제까지 엄마 아빠 눈치만 살살 살필 거냐."

"……."

"여행도 다니고 싶은 만큼 다니고, 금융 쪽으로도 관심이 큰 것 같으니 미국 큰물도 경험해 보고. 이제부턴 너 하고 싶은 거 다 해 봐."

그 순간 말문이 막혀 버렸다.

지금까지 심각하게 고민해 왔던 것과는 너무도 다른 상황이었다.

어쩌면 나는 내 세상 안에서만 갇혀 있었던 모양이다. 그렇게 두 분 부모님께서 보내 왔을 시선을 느끼지 못했던 것이다.

"해 줄 수 있는 게 이런 것밖에 생각나지 않는구나. 미안하다. 아들. 더 많은 걸 지원해 줘야 하는데…… 이런 것밖에 생각이 나질 않아…… 아들아…… 내가 어떻게 해 줬으면 좋겠니……."

칙칙한 장판 위로 눈물이 떨어지고 있었다. 내 눈물이 아니었다.

아버지께서 흐느끼고 계셨다.

*　　　*　　　*

분명히 그랬다.

아버지께서는 이런 날을 염두에 두고 계셨다.

중학교 3학년밖에 되지 않은 아들의 일탈적인 행동에도 담담히 반응하셨으니.

나 또한 감격의 눈물을 흘렸던 밤이었다.

부모님의 내리사랑을 너무 안일하게 생각해 왔음을 깨달았다.

나는 아버지의 말씀대로 같은 지붕 아래에서 항상 끼고 살았던 당신들의 외아들이었다. 육체적, 정신적인 모든 면에서 또래 아이들보다 월등히 빠른 성장을 겪어 온 하나뿐인 자식.

그런 자식을 어떻게 교육시켜야 할지 항상 고민해 오셨으리라.

튜토리얼이라 정의된 시간대를 스킵해 버려서 사진으로밖에 추정할 순 없지만 부모님께서는 내게 안 시켜 본 게 없으셨다.

이튿날.

아버지께서 출근하신 후, 어머니께서 사진첩을 꺼내 오셨다.

어머니는 옛날이야기들을 하시면서 사진첩을 한 페이지씩 넘기셨다. 그 속에서 나는 정말로 빠르게 성장하고 있었다.

그때는 국민학교라 불렀다. 담임 남자와 1학년 같은 반 아이들끼리 찍은 학급 사진에서 나는 제일 뒤 열에 서 있었음에도 가장 눈에 띄었다.

단체 사진 옆 칸에는 태권도복을 입은 채, 어색한 미소로 품세를 잡고 있는 어린 내가 있었다.

부모님께서 몰래 찍은 사진들에선 하나같이 무표정인 반면에 그렇지 않은 사진들에서는 이렇게나 어색한 미소를 짓고 있다.

미술 학원에서도. 속셈 학원에서도. 피아노 학원에서도.

"아들이 그나마 꾸준히 다니고 싶어 했던 건 태권도였어. 이때 기억나?"

어머니께서 미소 띤 얼굴로 물으셨다. 국민학교 1학년 때까지만 해도 나는 아동으로 봐 줄 수 있는 모습이긴 했다.

유난히 키가 큰 아동으로.

"그랬어요?"

사진첩 페이지가 넘어갈 때마다 슬슬 야외 사진이 많아졌다. 대부분 등산길이 있는 뒷산 공터였다. 사진이 찍히고 있는지도 모른 채 철봉을 열심히 하고 있는 또 어린 내가 거기에 있었다.

몇 페이지를 넘어가자 유도복을 입은 모습이며 축구공을 차고 있는 모습이며.

대체적으로 체육과 관련된 사진들이 많아지기 시작했다.

"아들을 가르친 선생님들은 다들 국가 대표감이라고 했다니까. 얼마나 열성적이었는지 집까지 찾아오는 일도 많았어."

어머니께서 나긋하게 말씀하셨다.

옛일을 회상하고 있는 당신의 두 눈 또한 기분 좋을 만큼 깊어져 있었다.

"아들이 운동 쪽으로 재능 있는 줄 알았어. 그런데 잘 배우던 것들도 세 달을 못 가더라."

"제가 그만 다니겠다고 했나요? 너무 어릴 때라 기억나질 않아요."

"지금도 그렇지만 어렸을 때에도 우리 아들이 얼마나 효자였는데. 아들이 직접 그만 다니겠다고 졸랐던 적은 없어."

"그럼요?"

“다니기 싫어하는 게 눈에 빤히 보이는데 억지로 보낼 순 없잖아. 그렇지 않니? 우리는 네가 잘 따라와 준 것만으로도 고마웠어. 그래도 결국 우리 아들에게 맞는 걸 찾아주지 못하겠더라.”

다음 페이지로 넘어가지 않았다. 한 번에 마지막 커버가 있는 부분까지 넘기셨다.

어린 시절에 학교에서 받은 상장들이 쏟아져 나왔다.

성적에 관련된 상장은 어린 내가 휩쓸었던 모양이다.

1학년 때부터 6학년 때까지 차례대로 쌓여져 있되, 마지막에는 생활기록부가 있었다.

전 학년의 성적표 역시 모든 과목이 올 수.

반면에 행동 특성은.

「1학년 : 우수한 학생이나 과묵한 편으로 급우들과 어울림이 적음.

2학년 : 영리하고 타의 모범이 되나 친화력이 부족함.

3학년 : 성적이 무척 우수하며 성장 발달이 무척 빠름. 하지만 빠른 성장과 학생의 성격 탓에 급우들과 조화되지 않음.

4학년 : 말수가 없으며 상습적으로 수업 도중 잠을

자는 일이 잦음.

5학년 : 언행이 바르고 성실한 반면 어울리는 교우가 없음. 이를 꾸준히 격려함.

6학년 : 교내 생활에 적응하지 못함. 이는 성인 수준의 정신 연령과 뛰어난 신체 연령 때문으로 각별한 관심을 요함. 」

당 학년의 담임들이 해당 학생에 대한 관찰 기록을 짤막하게 적는 란인데, 결국에는 다 부정적 의견으로 끝이 나 있었다.

보통은 긍정적 의견으로 쓰길 마련이다.

그러나 여기에까지 부정적 의견을 달았다는 것은, 모르긴 몰라도 부모님께서는 매년 담임 선생들의 연락을 자주 받으셨을 일이었다.

그때 어머니께서 내 쪽으로 자세를 기울이셨다.

“공부도 안 하면서 말이야. 네 아버지 머리를 타고났다니까.”

즐거운 목소리였다.

「 학급 석차 1/51, 학년석차 1/720 」

반에서도 전교에서도 1등을 놓친 적이 없었다.

스킵 동안의 이 몸은 이렇게까지나 과감했었다.

아마도 그것이 부모님을 기쁘게 해 드리는 일이라고 판단했기 때문일 것이다.

어머니께서 나를 물끄러미 바라보셨다.

아버지처럼 흐느껴 버리실까 봐 조마조마했었다. 다행히 어머니께서는 고운 미소를 지으시는 게 전부셨다.

"엄마는 지금에라도 우리 아들이 적성을 찾아서 너무 기뻐. 진짜, 진짜."

* * *

사무실로 향하는 발걸음이 한없이 가벼웠다.

몸을 때려 대는 폭우를 맞고 왔음에도, 아마도 나는 미소를 짓고 있었던 것 같다.

우연희가 동그랗게 눈을 떴다.

그때 내 감정이 그녀에게도 전해졌는지 그녀의 만면에서도 꽃이 피었다.

우연희는 인사 없이 조용해졌다. 배시시 웃으며 소파에 앉아 버리는 그녀는 내게서 온 감정에 몰두하는 것 같았다.

어떻게 보면 기분 좋게 취한 얼굴에 가까웠다.

나도 당장 컴퓨터를 켜고 싶지 않았다. 일악 놈을 놓쳤다는 보고서는 질리도록 봐 왔다. 그 외 뉴욕의 다른 사전 각성자 두 명에 대해서도 특이 사항이 없었다.

창밖의 비가 참 시원하게도 내리는 중이었다.

적당한 시간이 지난 뒤 창밖에서 시선을 뗐다. 그때 나를 바라보고 있는 우연희의 흐뭇한 눈길은 꽤나 부담스러운 것이었다.

그녀가 그런 눈길로 물어 왔다.

"집에서 오는 길이야?"

"그럼 어디겠어. 찾아보라는 건?"

"탐험자 특성 덕분에 어렵지 않게 끝났어."

*　　*　　*

던전은 대체로 산이나 거대 황무지 속에 묻혀 있다.

수원의 던전도 마찬가지.

알겠지만 미리 다다음번 던전의 공사를 시작해 두는 건 새로운 의식이 되었다.

한편 태풍이 직격한 날이라 도로 위에는 우리뿐이었다.

우연희의 경차 또한 멀쩡하진 않았다.

바람이 때려 댈 때마다 위험하게 휘청거리기 일쑤였다.

하물며 노면에 고여 있는 물웅덩이 때문에라도 느릿할 수 밖에 없었다.

차가 휘청거릴 때마다 드는 생각은 하나였다. 차를 바꿀 때가 됐구나.

그때 떠오른 차량은 코뿔소를 빼다 박은 차였다. 시대의 명차라 평가받은 차였고 날씨와 상관없이 야산들을 헤치고 다니기엔 그만한 차량이 따로 없기 때문이다.

쌍호 자동차가 대후 자동차에 인수 합병된 일과는 별개로 말이다.

이제는 웬만하면 긴장하지 않게 된 우연희였어도 핸들을 있는 힘껏 쥐며 오로지 운전에만 집중하고 있는 상태였다.

그렇게 계속 울리는 핸드폰도 받지 않고 있었다.

다만 창밖을 때려 대는 빗소리가 얼마나 시끄러운지, 핸드폰 벨소리는 잘 들리지도 않았다.

자동차 와이퍼가 가장 빠른 속도로 움직여 대며 빗물을 치워 대지만 쏟아지는 양이 훨씬 많았다.

날씨는 최악이었다.

가까스로 수원 야산 초입에 도착하고 나서야 우연희가 운전석을 최대한 뒤로 젖혔다.

주차한 곳은 주택 단지와 가까웠다. 수원 던전이 봉인되어 있는 야산은, 인근 주민들의 등산로로 이용되는 듯했다.

여기에 장벽을 세우면 민원이 상당할 거란 생각이 불현듯 들었다. 다른 인적 드문 지역으로 다음 던전의 목표를 옮겨야 할지 고민하고 있을 때 우연희가 몸을 일으켰다.

"왜 좀 더 쉬지 않고."

태풍 속에서 자동차를 몬다는 건 위험한 곡예의 연속과 다름없는 일이다.

"괜찮아."

"그럼 돌아갈 때는 내가 운전하지."

조수석 문을 열자마자 비바람이 얼굴을 덮쳐 왔다. 우산을 꺼내 봤자 펴는 순간에 바로 뒤집어 까질 게 분명했다.

우리는 비를 맞으며 인근 주민들이 이용하는 등산로를 오르기 시작했다.

마치 어릴 적의 사진 속과 비슷한 작은 공터, 간단한 운동 기구들이 바람에 의해 제멋대로 움직이고 있던 부근에서 우연희가 방향을 틀었다.

"이쪽."

그녀가 질퍽한 땅에 작은 발자국을 남기며 앞서 나갔다.

하지만 그것도 잠깐이다.

발자국으로 파인 땅 위로 빗물들이 금세 차 버리면서 주변의 진흙들을 끌어당겼다.

그녀의 발자국도 내 발자국도 그렇게 생겨났다가 사라지

길 반복했다.

그러던 그때.

우연희가 우뚝 멈춰 섰다. 나도 얼굴을 구기며 우연희 옆으로 따라붙었다.

푸른 빛무리가 순간적으로 보였기 때문이었다. 이번에는 내가 먼저 우연희를 지나쳐 갔다. 거리가 좁혀짐에 따라 분명해지고 있었다.

젠장!

던전이 열려 있다!

"선후야……."

푸른빛을 머금고 있는 막(膜) 아래로 미궁형의 계단들이 보였다.

하늘에서 미친 듯이 쏟아지고 있는 빗물은 막을 침투하지 못한 채 사방으로 미끄러지고 있었다.

"우연희. 저거 언제 발견했어?"

"어제는 열려 있지 않았어."

그런데 우연희는 경계 어린 눈빛을 띄고 있었다. 단순히 눈빛으로만 그친 게 아니었다.

스윽―

허리를 숙여 바지 아랫자락을 더듬거리더니 단검 하나를 빼 드는 것이었다.

그녀가 평상시에도 단검을 소지하고 다닌다는 사실을 그때 알았다. 통이 넓은 바지를 입고 다니던 이유가 있었다. 그런 그녀를 보며 나는 힙합 바지가 유행하는 시절이라고만 생각해 왔었다.

나도 검집 채로 단검을 꺼냈다. 그녀와는 달리 허리 뒤춤에서였다.

남대문에서 새로 맞춘 단검집은 이것 외에도 여러 개 있었기 때문에 멀리 버려 버리면서 우연희를 쳐다보았다.

그녀에게는 다른 사전 각성자들을 경계하라고 가르쳐 준 적이 없었다. 설사 내 감정이 닿았다 한들, 그녀가 경계하는 모습은 한 박자 더 빨랐다.

그녀가 말했다.

"몇 명인지 알 수 있어? 한 명이 아닐 수도 있는 거지? 우리처럼."

폭우 때문에 모든 흔적들이 밀려 나갔다.

나는 이미 사라진 흔적을 찾기보단 모습을 감출 만한 곳을 찾아 움직였다.

제격인 곳이 있었다.

상황을 주시할 수 있는 그곳은 이미 죽어 버린 나무들이 휘어져 있었기 때문에, 폭우 또한 약간은 피할 수 있어 보였다.

나는 목소리를 부쩍 낮춰서 말했다.

"뭘 해야 하는지 알고 있는 것 같은데?"

"대강."

"만일 다른 각성자를 만나 본 적이 있었다면……."

"그, 그랬다면 진작 얘기했을 거야."

"알았어. 나머진 끝나고 얘기하지."

우연희는 입술을 깨물었다.

그녀만의 딜레마에 빠져 고뇌 섞인 얼굴이었으며, 던전에 처음 들어갈 때처럼 겁먹은 얼굴이기도 했다.

그런데도 단검을 쥔 파지법이 제대로다. 그렇게 자세를 낮추며 전방을 노려보고 있는 그녀는 영락없이 비에 젖은 암고양이 꼴이었다.

Chapter 7.

각성자라고 추위를 안 타는 게 아니다. 비록 한여름이었어도 젖은 옷에, 옆에서 쳐들어오는 비를 오랫동안 맞고 있었다.

우연희의 입술이 파랗게 변할 무렵.

그녀가 전방을 턱짓해 가리켰다.

폭우 속에서 유유히 존재하던 푸른 빛무리가 꺼지는 순간이었다.

우연희에게 기다리라는 수신호를 보냈다. 한참을 더 기다렸으나 인형(人形)이라 할 만한 것은 하나도 나타나지 않았다.

우연희를 대기시켜 놓은 다음 던전 입구를 향해 걸어갔다.

[던전을 발견 하였습니다.]

[던전을 개방 하시겠습니까?]

던전은 봉인되어 있는 상태로 돌아가 있었다. 푸른 막도 계단도 사라진 자리로 주변의 흙더미들이 채워져 있었다.

최초 진입한 자가 던전에서 죽었을 때 일어나는 일이다.

여기를 발견한 새로운 각성자가 던전을 개방하지 않는 이상, 어느 야산의 평범한 지대로 영원히 잠들게 되는 것.

"……."

어쩌다가 태풍이 불어 닥친 날에 던전을 발견하게 되었는지는 모를 일이다만, 여기에 들어갔던 녀석은 던전 안에서 그렇게 최후를 맞이한 것이었다.

"죽은 거지?"

"그래."

"안됐네."

우연희는 짧게만 말했다. 그녀의 표정은 한 단어로 표현하기에는 어려웠다. 여러 가지 감정들이 뒤섞인 얼굴이었다.

차로 되돌아온 우리는 옷부터 갈아입었다. 하늘은 지겹지도 않은지 하루 종일 빗물을 쏟아 내고 있었다.

창밖에서 휘몰아치는 비바람 소리가 더 거세졌을 때, 우연희의 굳은 옆얼굴을 발견했다. 그녀는 어떤 생각에 빠져 있었다. 정신계나 독심술을 익힌 것은 아니었어도 즐거운 생각이 아니라는 것쯤은 당연히 알 수 있었다.

"던전에서 죽을 수 있다는 거, 더 실감이 드나 보지?"

우연희가 그렇다고 대답하긴 했지만 맞장구쳐 준다는 느낌이 강했다. 이게 아니었나?

"뭔데?"

"아, 아무것도 아니야."

우연희의 오른손이 살며시 떨렸다.

그녀는 단검을 이미 발목의 검집으로 되돌려 놓은 상태였다. 그러나 오랫동안 단검을 쥐고 있었던 감각을 떠올리는 중인지, 그녀가 바라보고 있는 오른손이 살짝 주먹 쥐어져 있었다.

그제야 나는 우연희가 무슨 생각을 하고 있는지 알 것 같았다.

"아깐 잘했다."

"응?"

"바로 경계에 들어갔던 거 말이다. 훌륭한 자세였어. 그러니까 의심하지 마라."

*　*　*

일말의 가능성을 생각하지 않을 수 없었다.

사전 각성자든 그렇지 않은 자든, 수원의 던전이 외부에 알려졌을 가능성.

때문에 김제 던전 이후 목표를 강릉의 던전으로 바꿨다. 던전 입구를 찾는 일은 우연희와 함께했다.

던전에서 죽은 녀석을 포함한, 반백 명의 사망 실종자를 낸 태풍 올가가 한반도를 빠져나간 지 이틀이 지난 날이었다.

〈 문자로 주소지를 남겨 두겠습니다. 현장까지 가는 길은 팻말을 꽂아 뒀으니 어렵지 않게 찾으실 수 있을 겁니다. 〉

〈 매번 감사합니다. 선생님. 신속하게 바로 진행하겠습니다. 〉

경포대는 물난리가 났어도 활기를 빠르게 되찾은 광경이었다.

휴가 시즌일 뿐더러 주말이기까지 했다. 태풍 때문에 집 안에만 있었던 수도권 사람들이 모조리 경포대로 몰린 듯 보였다.

언제 그랬냐는 듯 전형적인 여름 날씨였고, 해가 저물면서 청춘의 열기로 가득해졌다.

우연희가 회 한 점을 입 안에 넣었다. 그러며 술판이 벌어진 해안가를 향해 말했다.

“저 중에도 있을까?”

그녀는 사전 각성자를 말하고 있었다.

“우리 같은 사람들이 흔하면 세상에 진즉 알려졌겠지.”

대수롭지 않다는 투로 대답했다.

적어도 내가 알고 있는 바로는 그랬다.

사전 각성자와 관련된 음모론 하나쯤이 돌 법도 했지만, 사전 각성자란 존재들에 대해서 알게 된 건 시작의 장에서였다.

하기야 그날이 오기 전까지 내 관심사는 금융권에만 묶여 있긴 했다.

음모론 또한 히틀러나 UFO 그리고 달 착륙 조작설 같은 것보다는 실제 존재하는 분야에나 관심이 있었다.

예컨대.

세계 정치 지도자들과 금융 업계의 큰손들 그리고 다국적 기업의 총수들이 매년 한적한 호텔에 모여 비밀 회합을 갖는…….

빌더버그 클럽!

그때까지만 해도 나는 환상을 믿지 않았고, 실존하는 것에만 의미를 두었었다.

그런데 우리가 사는 이 지구 안에 던전이 봉인되어 있다니.

어딘가에서 그런 가십이 돌았을지라도 내가 애용하는 커뮤니티에서는 절대 있을 수 없는 이야기였다.

만일 있었다면 사전 각성자와 던전의 존재가 세계 경제에 어떤 악영향을 미치고, 구태여 찾아볼 수 있는 호재(好材)는 또 무엇인지 회원들과 따져 봤을 것이다. 농담 삼아서 그렇게.

"한 바퀴 돌고 올게."

식사를 마친 우연희가 자리에서 일어나고 있었다.

나도 함께 횟집에서 나왔다.

오늘이 지나고 나면, 언제 다시 또 볼 수 있을지 모르는 평화로운 광경이지 않은가.

이번에는 탈주의 인장이 있기 때문에 부담이 덜한 건 사실이나 목표는 어디까지나 최종 공략에 있었다.

새로 구입한 차량 안에는 배낭이 실려 있었다.

영동 고속 도로를 타고 중부 고속 도로로 빠져 호남 고속 도로에 진입하는 일만 남았다.

바로 내일이 김제 던전에 들어가는 날이다.

*　　*　　*

지난번에 투숙했던 모텔은 피했다. 야릇한 분위기 자체도 나름 즐길 거리가 있는 건 사실이지만 최상의 컨디션을 요구하는 밤이었다.

김제 시가지의 모텔에서 하루를 보내고 던전으로 향했다.

공사가 끝난 거기는 화성의 병동과 판박이다. 똑같은 구조에 사방을 장벽으로 둘렀다. 심지어 입구 철문에 붙여 놓은 명패 또한 같다.

그리고 감시 카메라는 우리의 머리맡에서 돌고 있었다.

준비해 온 열쇠로 잠금장치를 풀었다. 널들을 치운 후에서야 장벽 안으로 들어갈 수 있었다.

[우연희가 파티에 합류 하였습니다.]

우리는 던전 입구까지 찾아갔다. 벌써부터 개방 메시지가 뜨고 있었다.

[던전을 개방 하시겠습니까?]

잠겨 있는 지하실 문 너머로 진동이 먼저 시작됐다.

문을 열자 푸른빛을 머금은 환상의 막이 우리를 기다리고 있었다.

모든 게 화성과 판박이지만 막 아래만큼은 다르다.

우연희가 당황한 시선을 보내오는 까닭도 그래서였다. 계단이 있어야 할 막 아래로 가파른 비탈만 보이기 때문이다.

기억대로 김제의 던전은 동굴형이다.

그러나 내가 이 던전에 대해서 아는 것은 거기까지가 전부였다. 어떤 몬스터들이 우글거리는지 보스 몬스터는 어떤 놈인지 아직 알 수 없다.

그럼에도 그 많은 던전 중에서도 김제의 던전을 특정했던 이유가 있었다.

비탈을 내려다보며 말했다.

"이런 구조의 던전은 미궁처럼 복잡하지 않다. 문과 통로로 영역이 구분되어 있지 않지. 함정도 없고 진로 분기점이라고 해 봐야 한 손에 꼽을 정도."

간혹 분기점조차 없이 일직선으로 구성된 곳도 있다.

"지도를 작성할 필요가 없다는 건 알겠어. 하지만 영역이 구분되어 있지 않다는 것은……."

우연희가 직감한 것 같았다. 화성 던전에서 있었던 리스크가 사라진 대신, 새로운 리스크가 존재할 거라는 사실을 말이다.

"그래. 알람 몬스터가 따로 없다. 도망치는 놈이 생기면 그놈이 알람 몬스터가 되는 거다. 그러니까 마주친 몬스터는 반드시 그 자리에서 죽여 놔야 한다."

"소리로도 몬스터가 끌리겠지?"

"그걸 막을 수 있는 스킬이나 인장이 우리에게 없다는 걸 명심해."

우연희는 침을 꿀꺽 삼켜 넘겼다. 이날을 기다려 왔던 우연희였으나 어둠이 가득한 아래를 마주하면 어쩔 수 없는 것이었다.

나도 마찬가지다. 전보다 더 능력치를 높였고 아이템과 스킬들을 상당히 채웠음에도 불구하고, 선불리 발을 내디딜 마음이 들지 않는다.

던전은 언제나 그런 곳이었다.

그래서 던전이라면 치를 떨며 게이트 전투에만 참가하는 녀석들이 적지 않았다.

두근두근.

심장 박동이 빨라지기 시작했다. 그러나 이 앞에 서면 겁을 먹는 게 당연하다.

그렇다고 외면해 버리면 도태되어 버리는 것 또한 당연한 일.

발걸음을 내디뎠다.

"천천히 따라와."

화악—

막을 통과하며 시야가 순간적으로 파란색으로 물들었다.

[던전에 진입 합니다.]

[경고: 조건을 충족해야만 퇴장할 수 있습니다.]

던전 메시지가 시작됐다.

[퀘스트 '끝의 구역'이 발생 하였습니다.]

[퀘스트 '그라프 퇴치'가 발생 하였습니다.]

[퀘스트 '동면'이 발생 하였습니다.]

F급 던전다운 퀘스트들이 바로 뜨기 시작했다. 상세 내용을 확인할 것도 없이 제목에서부터 알 수 있는 게 있다.

여기는 그라프, 그 녀석들의 영역이었다. 썩 좋은 소식이 아니다.

따라 들어오고 있는 우연희를 향해 물었다.

"절지동물이라면 끔찍하겠지?"

"벌레?"

"그래."

우연희가 고개를 젓긴 했다. 그러나 내 물음이 무엇을 뜻하는지 아는 그녀는 이미 창백해져 있었다.

"이번 몬스터는 거대한 절지동물을 연상하면 된다. 비슷하게 생긴 것들이니까."

여기가 F급 던전인 이상 그것들의 어머니들이 나오는 일은 없을 터.

보스 몬스터로 자리하고 있을 가능성이 있지만, 정말 그렇게 된다면 이번 회차에 공략은 물거품이 되는 것이다.

역경자까지 동원해 모든 능력치를 최대 D 등급까지 폭발시킬 수 있다 해도 말이다.

"지금부턴 나와 나란히 걷는다."

그러면서 여기의 몬스터에 대해 주의 사항을 가르쳐 주었다.

출몰 방식, 약점, 절대 하지 말아야 할 행동 등.

"처음이라고 하지 않았어?"

우연희가 물었다.

"여기는 처음이지만 놈들이 처음인 것은 아니야."

뚜벅. 뚜벅.

가팔랐던 비탈이 점점 완만해지면서 던전 내부로 슬슬 가까워지고 있었다.

이윽고 비좁았던 굴이 확장되기 시작한 시점이 왔다.

여기서부터가 진짜 내부다.

우연희로서도 걸으면 걸을수록 조금 전까지 보였던 벽과 천장이 어둠에 가려지기 시작했기 때문에, 그녀의 호흡 소리로 긴장감이 묻어 나오기 시작했다.

그러다 갑자기였다.

앞으로 몸을 던졌다.

우리가 위치했었던 자리로 자잘한 흙들이 소낙비처럼 떨어져 내렸다. 동시에 큼지막한 검은 물체 하나 또한 묵중하게 떨어지더니 기지개를 펴는 것이었다.

상부의 마디를 꼿꼿이 세운 것만으로도 나만큼이나 큰 녀석이다.

흉측한 더듬이 두 개는 인간의 살 냄새를 맡아 꿈틀거리고, 턱 사이의 가시 이빨 또한 갈고리처럼 쫙 벌어져 있었다.

하지만 고작 한 마리뿐이다. 더 이상의 징후가 보이지 않았다.

지체 없이 놈의 더듬이를 움켜잡았다. 손아귀에서 불쾌한 감각이 번지는 것도 찰나였다.

움켜쥐자마자 놈의 더듬이를 뽑아 버린 다음 바닥에 버렸으니까.

더듬이는 뽑히고 나서도 계속 꿈틀거렸다.

우연희는 자신에게 기어오는 더듬이에 단검을 연달아 꽂

아 넣고 있었다. 직전에 들려준 주의 사항대로였다.

본 시대에서는 편의상, 이 녀석들의 머리에서 몸통으로 나눠지는 첫 마디를 목이라 불렀었다. 그때는 나도 놈의 목을 쳐 낸 후였다.

기분 나쁜 것 하나는 이 녀석들의 체액 또한 여전히 핏빛이라는 거다.

[유체 그라프를 처치 하였습니다.]

[2 포인트를 분배 받았습니다.]

[그라프 퇴치 : 그라프 일족 처치 1 / 30]

잘려진 머리와 몸통에서 붉은 핏물이 끊임없이 흘러나온다.

*　　　*　　　*

놈의 시체를 쭉 폈다.

길이가 3미터에 육박한다.

이런데도 아직 유체인 녀석이다.

성체까지 가 버리면 놈이 땅속을 길 때마다 지반 전체는 지진이라도 일어난 것처럼 다 같이 꿈틀거린다.

“이렇게 보여도 사고(思考)를 하는 얍삽한 녀석이다. 신경절이 따로 없이 우리처럼 뇌가 있지.”

우연희는 혐오감이 역력한 얼굴로 온 인상을 찌푸렸다.

있는 힘껏 녀석의 머리 껍질을 까 버리는 순간에는 짧은 신음 소리도 나왔다.

주먹보다 작은 뇌는 머리 껍질 안에 감춰져 있다.

“하지만 중요한 말초 신경만큼은 더듬이로 집중되어져 있기 때문에, 더듬이를 잃고 나면 머저리나 다름없게 된다. 네 근력으로는 뽑긴 힘들 거다. 그러니 부딪치게 된다면 단검으로 잘라 내.”

다음으로 다리 하나를 끊어 냈다.

우리 인류의 피보다 점성을 띄는 핏물이 진득하게 이어졌다.

“지구의 지네가 거대해진 게 아니야. 이것들은 이계의 다른 종이지. 보다시피 다리가 무척 길고 유연하며 날카롭다. 끝에 독샘 보이지?”

해부해 나갔다.

기존의 절지동물처럼 생식선이나 정소가 따로 존재하지는 않는다.

이것들은 서로 교미를 통해 번식하는 게 아니라, 이족보행을 하는 어머니라는 것들을 통해 세상에 나오는 것이다.

크기가 거대한 만큼 마석 주머니를 감싸고 있는 내부 장기들 또한 크며, 그 정도로 역한 냄새를 풍겼다.

"독샘의 위치를 잊지 마라. 다리와 턱주가리에만 있는 게 아니다."

"해독 방법은 스킬과 인장뿐이야?"

"물론."

우연희의 표정이 어두워졌다.

우리에게 그런 게 없다는 걸 알고 있기 때문이었다.

"중독되면 끔찍하게 고통스럽지. 차라리 죽여 달라는 소리가 나올 만큼. 그런데 며칠간의 지옥을 견뎌 내면 자연히 해독되니까 벌써 겁먹을 필요는 없다."

해독 스킬이 뜨면 좋겠지만 그럴 가능성은 현저하게 낮았다.

우연희에게도 내게도.

그때 앞에서 소리가 들려왔다.

나한테나 간신히 들릴 정도였던 까닭에 우연희에게는 들리지 않는 듯했다.

스스스…….

흙 부스러기가 흩어지는 소리였다.

우리는 천장과 지면을 연결하고 있는 거대한 흙기둥 뒤로 몸을 감췄다. 그러고 나서 얼마 지나지 않아 한 개체가 땅에서 솟구쳐 올랐다.

녀석의 더듬이와 눈깔이 해부된 동족의 시신을 훑었다.

더듬이는 우리가 숨어 있는 방향으로도 재빠르게 움직였다. 그렇게 녀석이 나타났던 지면 속으로 다시 사라지려는 낌새를 보였다.

몇 초가 지나지 않은 짧은 순간에 일어난 일이다.

우연희가 신호를 기다리고 있었다.

고개를 저었다.

보이는 건 녀석의 등껍질과 머리 껍질뿐이라서 일반적인 공격으로는 녀석을 즉사시키기 어렵다. F 등급의 데비의 칼로는 저 단단한 껍질을 관통할 수 없을 거다.

그렇다고 달려들면, 그 순간 바로 땅속으로 모습을 감춰 버리겠지.

내게는 두 가지 선택권이 있었다.

속박의 메달과 지배의 반지.

[지배의 반지를 사용 하였습니다.]

[대상: 유체 그라프]

반지에서 기운이 쏟아져 나왔다. 내가 인지할 수 있는 영역을 초월했다.

기운이 쏟아져 나왔구나 싶었을 때 어느덧 녀석의 온몸을 휘감고 있었다. 그리고 휘감고 있구나 싶었을 때 일련의 과정이 끝나 있었다.

[포획에 성공 하였습니다.]

사용한 즉시 반지 안으로 빨려 들어온다고 봐도 무방했다.

그러니 반지를 사용할 수 있는 최고 던전.

B급 던전에 들어가서 그 안의 몬스터를 포획을 할 수 있다면, 충성스러우며 가공할 전투 노예를 확보하는 셈이었다.

그것을 발판 삼아 이하 등급의 던전들을 빠르게 뚫어 나갈 수도 있을 것이다.

그러나 상상 속에서나 가능한 일.

처음 마주치는 몬스터의 개체가 하나일 때에만 성공할 수 있는 일인 것이지, 하나를 넘어가는 순간 나는 그 자리에서 즉살되는 일이다.

뿐만 아니라 이 부분이 제일 중요한데, B급 탈주의 인장이 없는 상태로 진입했다는 것부터가 이미 저승행 급행열차를 탄 격이라 할 수 있었다.

아쉽지만 반지의 효용성은 여기까지다.

"……사라져 버렸어."

역시 우연희에게는 무슨 일이 일어났는지 제대로 보이지 않았다.

일어났던 일을 짧게 설명했다.

우연희는 이채를 띈 눈으로 반지를 뚫어져라 쳐다보았다.

*　　*　　*

한 시간을 걸었다. 이동 거리는 그리 길지 않았다.

우리는 태풍이 몰아쳤던 날처럼 느릿하게 나아가고 있었다.

나는 온 감각을 귀에 집중시키며, 우연희는 숨소리조차 죽인 상태였다.

내게는 익숙한 구도라 할 수 있었다. 본 시대에서 내 능력치는 감각에 치중된 편이었기에 이런 식의 길잡이가 주 역할이었다.

내가 멈춰 서자 우연희는 단검으로 무기를 교체했다.

지면이었다.

우연희의 반사 신경은 훌륭했다.

와직!

난데없는 커다란 턱이 그녀가 황급히 다리를 뺀 자리를 악물며 지면을 뚫고 나왔다.

아마도 우연희는 녀석의 더듬이 하나를 노렸던 모양이었다.

한 손으로 더듬이를 잡는 데까지는 성공했으나 나머지 손으로 단검을 긋기 전에, 땅속에 있던 커다란 머리가 솟구쳤다.

우연희가 높게 튕겨져 날아갔다. 그녀가 공중에서 제비 돌며 안전하게 착지했을 때, 녀석의 목표는 나로 변해 있었다.

멍청한 것.

녀석은 차라리 우연희를 노렸어야 했다.

내게 몸을 비틀며 제 안쪽을 내보인 순간이 녀석의 마지막이었다.

녀석은 수많은 다리 중 하나가 내 몸에 닿기를 바랐겠지만.

어느 것 하나 닿기도 전에 녀석의 대가리가 먼저 바닥으로 떨어졌다.

스샷—

남대문 공방에서 맞춘 장검은 고작 여기까지였다. 녀석의 단단한 껍질과 내 근력을 이기지 못하고 두 동강 났다.

"안 끝났어. 녀석들이 몰려오고 있다."

귓가를 간지럽히는 미세한 소리들.

수십 개 다리가 꿈틀거리며 자아내는 풍경처럼 징그러운

소리들.

그러한 소리들이 사방 군데에서 잡힌다.

화성 던전에서는 내가 전면에서 막아 싸우고 우연희는 후방에서 힐러 역할을 하는 것만으로도 족했다. 그러나 여기는 달랐다.

막고 설 문틈이 없다. 여기의 몬스터는 어디에서든 나타날 수 있었다.

[지배의 반지를 개방 하였습니다.]

[포획물: 유체 그라프]

[대상: 우연희]

포획물이 상부를 세운 상태로 소환됐다.

우연희는 반사적으로 거리부터 벌렸다. 그러고는 갑자기 나타난 거대 지네의 상태가 비정상적이라는 것을 눈치챘는지 그런 눈빛을 보내왔다.

반지를 사용한 거지?

거대 지네가 그녀나 내게 달려들지 않고선 더듬이만 움직이고 있으니까.

대답할 틈도 없이 온갖 구석에서 흙들이 솟구쳤을 때였다.

펑펑!

마치 고장 난 분수가 터져 버린 듯, 한 번에 두세 군데씩 우리 주위를 포위하며 나타났다. 흙먼지 속에서 포획물이 우연희를 보호하듯이 그녀의 앞으로 이동하는 장면이 포착됐다.

[가이아의 의지를 시전 하였습니다.]

가이아의 의지는 충격을 흡수하는 효과 외에도 중요한 효과가 한 가지 더 있다. 등급 이하의 몬스터들의 시선을 잡아끈다. 효과적인 탱킹용 스킬.

어떤 것은 내게로 또 어떤 것은 우연희에게로 또 어떤 것은 포획물에게로.

다양하게 움직이고 있던 더듬이가 일제히 움직였다.

훼엑.

전부 다 내게로 쏠렸을 때, 우연희가 녀석들 사이를 달려나갔다.

개중에 우연희를 향해 몸을 비트는 녀석도 보였지만 몇 녀석이 정말로 우연희를 쫓아갔는지는 모른다.

우연희가 스스로 처리해야 할 문제였고, 당장 내게도 한꺼번에 마디를 늘여 오는 세 녀석이 있었다.

녀석들은 노림수가 제각기 달랐다.

나를 물어뜯으려는 녀석, 제 몸으로 나를 감싸 복부의 독침을 찔러 넣으려는 녀석. 촉수 같은 다리 수십 개를 휘적거리는 녀석.

[지진파를 시전 하였습니다.]

쿵!

내 전신을 중심으로 한 기운이 사방으로 터져 나갔다.

몸을 날려 오던 녀석들은 아래로 고꾸라졌다. 나를 위협하듯 징그러운 신형을 꿈틀거리고 있던 녀석들도 세웠던 자세를 유지하지 못했다.

데비의 칼 또한 그때 발출시켰다.

만월(彎月).

구붓하게 일그러진 초승달 형태의 기운은 꼭 일직선으로만 나가는 게 아니다.

오딘의 분노에 품어져 있는 뇌력이 그랬듯이, 데비의 칼도 숙련도에 따라서 원하는 궤도를 만들어 낼 수 있다.

그 정도로 무르익기까지 얼마나 많은 연습을 해 왔던가.

데비의 칼은 정확히 발출 당시의 계산대로 날아가고 있었다.

맞다.

지금 흙먼지 사이로 언뜻언뜻 보이는 허공의 물체들은 전부, 녀석들의 더듬이다!

데비의 칼이 주변을 빠르게 휩쓸고 사라졌다.

키에에엑—

이것들 아가리 속에서 혓바닥이 움직여 댔다.

그것이 다리들과 함께 꿈틀거리며 괴상한 소리를 만들어 낸다.

고주파가 실린 괴상한 소리.

한두 놈도 아닌 십수 마리가 일제히 내는 소리라서 강도가 심했다. 귀를 막아도 소용이 없다는 걸 익히 잘 알고 있었다.

순간.

지면 전체가 나를 덮쳐 오는 것처럼 보였다. 입 안에서 흙 맛이 났고 콧잔등이 얼큰했다.

[우연희가 육체 치료를 시전 하였습니다.]

잘했다. 우연희.

좋은 타이밍이다.

땅을 짚고 일어섰을 때 보이는 광경은 되는 대로 수십 개의 다리를 휘젓고 있는 녀석들이었다.

어떤 녀석은 마디를 세운 채, 어떤 녀석은 뒤집어 까진 채로 말이다.

한 녀석당 마흔두 개의 다리.

또 이것들의 다리는 길고 유연하기까지 해서, 총 육백 개가 넘는 다리들이 넘실거리는 광경은 극도로 혐오스러운 것이었다.

누구라도 속이 메슥거리며 시선을 피하고 싶은 건 당연하다.

원초적인 혐오감이니까.

어쩌면 그라프 녀석들이 이런 모습을 하고 있는 건, 우리네의 정신세계를 제대로 파악하고 있기 때문일지도 모른다.

이제 남은 건 하나였다.

죽여 달라고 발광 중인 저것들의 대가리를 하나씩 끊어 놓는 것뿐!

[그라프 퇴치 : 그라프 일족 처치 3 / 30]

……

[그라프 퇴치 : 그라프 일족 처치 20 / 30]

광대의 단검을 녀석들의 목에 쑤셔 넣고 긁어 뺀 횟수이기도 했다.

그럼에도 랜덤으로 터지는 부정 효과는 단 한 번밖에 없었다. 아이템 등급을 한 등급 상승시켜 발동 확률을 높여 놨어도 이 모양이었다. 이 하나 나가지 않은 걸로 만족해야 하나.

고개를 돌렸다. 엉거주춤하게 쓰러져 있는 우연희가 보였다.

그녀도 나처럼 역한 피를 온몸에 뒤집어쓰긴 마찬가지였는데, 나와는 달리 중심을 잡지 못하고 있었다.

가뜩이나 무거운 배낭까지 짊어지고 있어서 더욱 그래 보였다.

배낭을 먼저 떼 준 다음 우연희를 일으켰다.

"고마워. 그런데 끔찍한 소리였어. 고막이 다 나간 것 같아. 더 깊숙한 곳까지."

그녀는 제 상태를 제대로 알고 있었다.

"찔리거나 물린 데는?"

"재가 막아 줬어."

우연희가 포획물로 추정되는 것을 바라보았다. 그것은 다른 녀석들과 함께 죽어 있었다.

우연희가 포획물과 함께 처리한 숫자는 셋이었다. 포획물을 붙여 줬다고 해도 상당한 숫자라서 내심 감탄했다.

조그마한 애송이가 전투 쪽으로 소질이 있는 것 같다.

그렇지 않고서야, 그동안의 수련이나 민첩 수치가 높다

는 것만으로는 부상 하나 입지 않은 몸이 설명되지 않는다.

고막이야 어쩔 수 없던 것이었고.

"내게 기대."

"여기서 정비하지 않을 거야?"

"근방에 물이 있을 거다."

온통 피범벅인 얼굴이라, 확 커진 그녀의 두 눈이 또렷하게 보였다.

가까운 곳에서 물이 흐르는 소리가 들린다. 이번에도 우연희가 아닌 내게만.

*　　*　　*

생존품 중에 가장 중요한 건 물이다.

그래서 화성 던전에서는 얼굴에 묻은 핏물만 지워 내는 정도에 그쳤었다. 그 찝찝함이야 헌터라면 달고 살아야 할 숙명 같은 것이었다.

그러나 물이 존재하는 곳, 이를테면 동굴형이나 필드형에서는 말이 달라진다.

물을 마음껏 쓸 수 있다는 것은, 그것만으로도 여기 던전을 선택할 이유로 충분했다.

바로 앞은 작은 물웅덩이가 형성되어 있으나, 물길을 따라가다 보면 헤엄도 칠 수 있는 규모의 물웅덩이 또한 찾을 수 있을 것이다.

"정말이야. 물이 있었어."

우연희는 감탄했다.

그녀는 사막에서 오아시스를 찾은 사람의 얼굴이 되어 있었다.

거기는 정말로 우리에게 오아시스나 다름없었다. 야자수 대신 더 훌륭한 던전 박스가 우리를 기다리고 있었기 때문이다.

그것들을 보게 된 그 순간, 우연희는 그녀를 괴롭히는 통증과 어지러움증 따위는 잊어버린 것 같았다.

나는 그녀를 바닥에 내려놓은 다음 물웅덩이로 다가갔다.

안전을 확보하는 게 우선이었다.

물웅덩이에서 사는 괴생물체는 없었다. 어차피 지금은 식량이 궁핍한 상황도 아니었고 포인트도 주지 않는 것들이라서 없는 편이 나았다.

일단 목부터 축이며 말했다.

"마셔도 괜찮아."

배낭에도 생수병을 적절히 준비해 왔지만 그것들은 아낄 수 있다면 아껴야 하는 것들이다.

우연희를 부축해서 물웅덩이 옆에 내려놓았다. 우연희 또한 목을 축인 이후, 우리는 말없이 옷부터 벗기 시작했다.

다만 그녀는 셔츠 하나도 혼자서 벗기 힘들어했다.

몬스터의 핏물에 젖어 몸에 딱 달라붙어 있는 데다가 우연희부터가 제대로 앉아 있질 못했다.

그녀의 옷을 벗겨 주고 있을 때 즐거운 목소리가 나왔다.

"다친 데 없는 거 맞지? 화성 던전에서는 부상을 달고 살았잖아."

"없어. 혼자 씻을 수 있겠어?"

우리는 속옷 차림이 되었다.

"중심만 못 잡는 거뿐이야. 이렇게 씻으면 돼."

우연희가 배를 깔고 엎드려서 고인 물을 훔쳤다.

나도 씻기 시작했다.

직전의 전투를 반추해 볼 여유가 생겼다.

유체 그라프는 견졸보다 훨씬 강한 몬스터다. 그래서 포인트도 두 배다.

한데 그런 것들 십수 마리를 쓸어버리며 얻었던 부상이라고는 고주파에 의한 청각 장애밖에 없었다.

우연희가 힐을 해 주지 않았다면 몇 군데 부상을 입긴 했을 것이다. 균형을 잡기 힘들었을 테니까.

그런 것을 다 감안해도 본 시대에서는 있을 수 없는 일이었다.

E급에 못 미치면서도 유체 그라프 십수 마리를 혼자서 해치우다니.

그것도 심각한 부상 하나 없이?

이 괴리는 데비의 칼에서 시작된 것 같아 보이지만 사실은 달랐다.

지진파가 녀석들을 전투 불능에 빠트렸던 것도 아주 잠깐이었다. 그 사이 데비의 칼이 녀석들의 더듬이를 잘라 냈다.

그런 것이 가능했던 이유는 데비의 칼이 날아간 궤도 때문이었다.

십수 마리 각각의 움직임 일체가 계산된 궤도. 단언컨대 애송이 따위들은 그러한 궤도를 만들어 내지 못할 것이다.

현재 내게는 시스템에 추가되지 않은 능력치 종목이 하나 더 있는 셈이었다. 회귀하며 A급 헌터에서 F급 헌터로 추락하고 말았지만, 기억까지 날아가 버린 게 아니란 말이다.

영혼에 새겨져 있는 수많은 전투 기억들.

그것들이 직전의 궤도를 가능케 했다.

과연 실전에서 처음 써 본 데비의 칼은 내 손아귀 안에서 더 빛을 냈던 것이다.

이러한 현상은 비단 데비의 칼뿐만이 아니었다.

평균 능력치가 일반인 수준의 F급일 때에는 어쩔 수 없었으나, 본격적으로 헌터 취급을 받는 E급에 가까워지면서부터 확실해지고 있었다.

과거에는 비할 바 못해도 그나마 몸에 맞춘 옷을 입은 느낌.

직전의 전투로 확실히 깨달았다.

시스템은 지금에 이른 내 상태를 제대로 담질 못한다!

"어쩌면 빨리 끝낼 수도 있겠다."

"응?"

"공략 기간을 한 달까지 잡지 않아도 되겠어."

문제는 보스전이다.

* * *

아이템, 예민한 자들의 반지 때문에 감각이 E 등급 상태지만 순 능력치는 아니었다.

[감각이 8 상승 하였습니다.]

[감각: F (33)]

화성 던전을 포함하여, 지금까지 던전 박스에서 저주가 나오지 않은 확률이 40%를 넘었다.

정신계 힐러를 달고 있기 때문에 저주가 나와도 상관없지만 운발이 상당하다는 뜻으로 좋게 받아들일 만했다.

우연희가 긴장을 풀며 말했다.

“좋은 거 떴어?”

고개를 끄덕였다.

이후로 우연희의 부상이 치유되기까지 하루가 걸렸다.

그동안 한두 마리씩 우리를 찾아오는 것들이 어김없이 있어 왔다.

이것들은 일종의 정찰조로 반드시 죽여 놔야 하는 것들이었다.

이놈만 죽이면!

찌이익—

녀석이 고주파를 뿜어내기 전에 목을 잘라 냈다. 커다란 머리가 무겁게 떨어진다.

됐다.

[유체 그라프를 처치 하였습니다.]

[그라프'퇴치 : 그라프 일족 처치 30 / 30]

[퀘스트 '그라프 퇴치'의 완료 조건을 충족 하였습니다. 최초와 차순위자를 합의하에 결정 하여 주십시오.]

우리는 서로 눈빛을 교환하면서 당연한 대답을 내놓았다.

[퀘스트 '그라프 퇴치'를 완료 하였습니다.]

[1500 포인트를 획득 하였습니다.]

[최초 완료 보상으로 '실버 박스'를 획득 하였습니다.]

허공으로 시선을 옮긴 우연희의 옆얼굴은 기대로 가득 차 있다.

하지만 그녀는 차마 모를 것이다.

시작의 장이 열려 버리고 나면 오늘을 그리운 마음으로 회상하겠지.

본 시대에서는 최초와 차순위를 합의했던 과정을 쟁탈전이라고 불렀다. 계약으로 묶여 있어도 그런 일이 벌어지곤 했다.

머릿수가 줄어 버리면 이후 공략에 큰 차질이 올 뿐만 아니라, 생존 자체에도 크게 위협이 될 거란 걸 모르지 않으면서도…….

어쩔 수 없이 일어났던 게 쟁탈전이었다.

나도 우연희에게서 시선을 떼며 보상을 기다렸다.

감각 혹은 체력!

아이템발이 아닌 순 능력치를 E 등급으로 올려놓고 볼 일이다.

[역경자가 11 상승 하였습니다.]

어, 어째서!

역경자가 뜬 것은 만족스럽다. 그런데 상승 수치가 너무 하지 않은가!

[역경자 등급이 상승 하였습니다. 변동 : F → E]

[특성 효과가 변동 되었습니다.

변동: 소폭의 부상 회복 → 중폭의 부상 회복]

[특성 지속시간이 변동 되었습니다.

변동: 5분 → 10분]

실버 박스에서 나올 수 있는 F 등급 역경자의 수치는 최소 11에서 40까지였다.

그런데 가장 최악인 11이라니.

나를 놀리기라도 하듯, 메시지가 계속 떠오르고 있었다.

흥분을 짓누르며 거기를 응시했다.

[업적 '도약'을 달성 하였습니다.]

[최초 달성 보상으로 특성 '타고난 자'를 획득 하였습니다.]

[타고난 자 (특성)

효과: 보유 중인 타 특성이 발동 하는 순간, 매우 낮은 확률로 특성 등급이 한 등급 상승 합니다.

등급: F(0)

지속 시간: 5분

재사용 시간: 7일]

거의 다 끝난 줄로만 알았던 최초 보상이 여전히 남아 있었다. 최초로 특성 등급을 상승시켰던 경우에도 말이다.

그런데 이 특성 효과가 예사롭지 않다.

민첩 등급을 상승시키며 차순위 보상으로 받았던 질풍자 특성 역시 놀라운 것이긴 했으나, 이번 특성은 자그마치 역경자를 포함한 다른 특성에도 영향을 미치는 것이었다.

설마 이거…… 역경자를 S급에서 SS급으로도 만들어 줄 수 있단 말 아닌가?

*　*　*

이로써 획득한 특성은 총 여섯 개로 한계까지 두 개만 남았다.

우연희는?

내가 쳐다보자 우연희가 기다렸다는 듯이 말했다.

의도적으로 제 목소리를 눌러 놓았어도, 그녀가 흥분에 휩싸여 있다는 것을 알기에는 충분한 목소리였다.

"체력 등급이 상승했고. 재생자라는 특성도 최초 보상으로 받았어."

우연희는 그녀가 떠올렸을 상태 창에서 눈을 떼지 못했다.

"어떤 효과지?"

"'전투 불능 상태에 돌입하는 순간, 매우 낮은 확률로 소폭의 부상이 치유되며 재생 속도가 상승합니다.'"

마치 역경자에서 한 귀퉁이를 떼다 만든 것 같은 특성이었다. 그러나 모든 특성을 사기적인 역경자에 놓고 비교할 수는 없는 법이다.

그때 우연희가 말했다.

"마리의 손길과 매칭이 잘 돼."

그녀는 정말로 기뻐 보였다.

그런데 그 스킬 덕분에 실제로 죽어 봤던 그녀가 할 소리는 아니었다. 이 애송이 녀석이 헌터로서 성장하고 있다는 증거였다.

어느새 나는 충동을 참지 못하고 우연희의 머리를 쓰다듬고 있었다.

그랬었지. 애송이 녀석들이 성장할 때마다 이를 참지 못하고.

나를 올려다보고 있는 그녀의 두 눈이 깜박여 댔다.

"지금처럼만 해라."

"뭐, 뭐야……."

우연희가 말을 더듬었다.

"누적 포인트가 2060이지? 실버 박스 두 개만 까 봐."

내 누적 포인트는 1680이다. 나도 실버 박스부터 열었다.

은색 테두리를 휘감은 박스가 기분 좋게 떴다. 그리고 열린다.

이거 정말 왜 이러지?

이번엔 상승 수치가 미쳤다.

[감각이 38 상승 하였습니다.]

[감각: F (63)]

실버 박스에서 나올 F 등급 감각 수치는 11부터 40까지의 주사위를 굴린 것과 같은 꼴인데, 무려 38이라는 수치가 떴다.

아이템발로 E 등급 판정을 받고 있긴 해도 즐거운 건 즐거운 거였다.

나머지 누적 포인트로 브론즈 박스 하나를 더 열었다.

[오딘의 분노가 10 상승 하였습니다.]

[오딘의 분노: F(16)

이번에도 1부터 10까지의 주사위를 굴려서 10이 나온 셈이다.

헛웃음이 나왔다. 박스를 깔 수 있는 포인트가 더 남아 있지 않다는 게 분통할 뿐이다. 운발이 제대로 붙은 지금인데.

한편 우연희도 인장이나 아이템이 아닌 수치가 뜬 것 같았다. 다만 표정이 썩 좋은 건 아니었다.

"민첩 등급이 F고 실버 박스니까 11에서 40까지 뜨는 게 맞는 거지?"

"그래."

"그런데 13이 떴었어. 평균 정도만 나왔어도 민첩을 한 등급 상승시킬 수 있었을 거야."

박스 까기는 주식 판처럼 일희일비의 연속이다. 직전에 체력을 등급 업시키며 흥분에 휩싸였던 우연희였으나 이제는 침울할 뿐이었다.

"민첩과 근력은 체력과 다르다."

"응?"

"익숙해지는 데 상당한 시간이 필요하지. 지금 등급 업 되지 않은 게 오히려 잘된 거란 말이다."

"그래?"

다른 의미로 이 또한 운발이 붙었다 할 수 있었다.

"다음 박스는?"

"아직."

그러면서 우연희는 나와 물웅덩이를 번갈아 쳐다봤다.

내가 고개를 끄덕여 보이자 그녀는 물웅덩이에서 다시 씻기 시작했다.

그녀가 씻는 걸 끝내며 말했다.

"해독 스킬이 뜨는 게 최선이겠지? 간다?"

"가."

우연희는 아랫입술을 깨물며 허공을 노려보았다. 찰나에 그녀의 표정이 많이도 변하기 시작했다.

"스킬이 뜨긴 했어. 그런데 해독은 아니야. 있잖아, 선후야. 나 정신계 힐러 아니었어?"

"뭐 떴어?"

"'증오.' 아무래도 이것 말이야…… 딜링 스킬 같아."

*　　*　　*

[증오 (스킬)

효과: 대상의 피아 식별이 불가능해집니다.

등급: F (0)

재사용 시간: 5분]

정신계 딜링 스킬이 맞다.

한데 여기서 말하는 대상이란 몬스터만을 지칭하는 게 아니다. 정신계의 이러한 스킬들 때문에 가능하면 그들과 엮이지 말아야 했었다.

"힐러라도 딜링 스킬 하나쯤은 가지고 있어야지 않겠어?"

시스템은 야박하지 않다.

"어쨌든 축하한다. 우연희. 이로써 네게도 비장의 한 수가 생긴 거다."

*　　*　　*

비록 어둠에 둘러싸여 있어도 물웅덩이가 있었기 때문에 여기는 안락한 곳이었다. 그러나 녀석들의 시신이 늘어나면서 역겨운 곳으로 변했다.

이동할 때가 온 것이다. 굳은 피로 거무튀튀하게 변해 있는 배낭을 하나씩 짊어졌다.

던전에 들어온 지 둘째 날에 서른 마리에 가까운 유체와 전투를 치렀다. 처음에는 네 마리 정도밖에 되지 않았다. 그러나 점점 개체 수가 늘더니 그렇게까지나 된 것이었다.

결과는 나쁘지 않았다.

지배의 반지에 더불어 우연희의 증오까지.

두 마리의 유체가 우리를 위해 제 한 몸을 다 바쳤으니까.

역경자를 터트리지 않고도 녀석들을 해치울 수 있었다.

그날에는 우리 중 누구도 이것들의 독을 맛보지 않았다.

그러나 셋째 날.

"으으……."

이렇듯 우리 둘 다 몸져누워 버린 것이다.

몹시 추웠다.

빙설 속에서 발가벗겨진 채로 파묻혔던 적도 있었지만 그때보다 더한 추위였다. 제멋대로 떨려 대는 사지였다.

우연희와 나는 서로 껴안고 있었다. 추위뿐만 아니라 온몸이 욱신거려 전신을 통제할 수 없는데도 역한 냄새를 맡을 수 있었다.

독에 중독되었으나 미약하게나마 감각이 살아 있다는 것이다.

사방은 녀석들의 시체와 그 일부들로 가득했다. 몇 마리나 몰려들었는지 세는 것도 포기했었다. 지금 돌이켜 보건대 우리 눈을 피해 도망치는 데 성공한 녀석이 있었던 것 같다.

그러니까 끝도 없이 몰려든 것이겠지.

우연희에게서 그르럭거리는 피 끓는 소리가 나왔다.

약발이 떨어지고 있었다.

우연희는 나보다 처참했다. 그녀는 간신히 목숨을 부지했다는 표현이 정확했다. 그럼에도 사지가 멀쩡히 붙어 있는 것만큼은 천운이었다.

몇 번이나 헤매다가 알약을 쥐었다.

마약성 진통제로 중독의 고통을 다 사그라트리긴 무리라서, 우연희는 내 가슴에 얼굴을 처박고는 계속 떨어 댔다.

그녀는 자고 싶어도 못 자는 상태다.

넷째 날은 더 지옥이 펼쳐졌다.

한기와 열기가 머릿속을 뒤엎어 댔다.

설마 살아남았던 게 있었던 것은 아닐까 싶을 정도로, 놈들에게 물어뜯기는 통증과 흡사했다.

다섯째 날부터 완화되기 시작했다.

그리고 여섯째 날에 비로소 지옥에서 해방됐다.

중독 상태에서 완전히 벗어날 수 있었다. 지금까지 정찰조가 나타나지 않았던 이유는 별것이 아니었다.

선명해진 시야.

그러면서 보이는 광경은 극악(極惡)의 혐오였다.

빌어먹을 것들을 피해 시선을 돌려 댈 때마다, 또 빌어먹을 시체들로 가득했다.

온전한 시체가 하나도 없었다. 유체 그라프들의 다리와 대가리를 사정없이 끊어 놓은 광경이었고, 내가 한 일이었다.

지금의 능력치로는 절대 낼 수 없는 광경 때문이었다.

인근의 몬스터가 다 몰려들었던 게 분명했다.

녀석들의 시체로 주변에는 발 하나 디딜 틈조차 없었다. 지난 이틀 동안 이 역겨운 공간 안에서 잘도 쓰러져 있었다.

그런데 이상한 점이 있었다. 내 능력 이상의 파괴적인 흔적들을 발견했다. 예컨대 폭발한 게 분명한 시체 잔해들…….

체내 깊숙한 곳에서부터 폭탄이 터져 버린 듯한 것들이 존재했다.

그래서 전투 당시를 떠올려 봤다.

하지만.

1. 휘어져 들어오는 다리가 너무 많았다. 그것들을 일일이 잘라 낼 수는 없는 법이라, 뒤로 멀찌감치 몸을 던지면서 거기에 있던 녀석의 머리를 잘랐다.

2. 쑤셔 넣은 단검에서 뇌력 몇 줄기가 빠지직 빠지직—

3. 그것이었다. 치명적인 공격을 가하면 일정 확률로 민첩 수치가 향상되는 질풍자 특성이 터진 것이었다.

4. 광대의 단검이 드디어 발동했다. 갑자기 터진 녀석의 머리에서 핏물과 껍질 파편들이 전면으로 덮어 왔다.

5. "우연희!"

6. [역경자가 발동 하였습니다.]

7. 녀석들의 수가 너무 많았다. 다 해치웠다고 생각했는데 눈앞에서 또 흙더미가 솟구치고 있었다.

8. [우연희가 용맹을 시전 하였습니다.]

……

15. 데비의 칼날이 녀석들의 더듬이를 휩쓸고 지나갔다. 궤도가 정확했다. 기쁨도 잠깐, 천장에서 뭉텅이로 떨어진 흙을 피해 몸을 날려야 했다.

16. 지진파가 충전됐다. 나는 지진파가 미치는 영역 안으로 녀석들을 유인했다.

그리고. 그리고…….

하!

기억이 뒤죽박죽이었다.

시간 배열에 상관없이 기억은 아무렇게나 단편적으로 떠올라 댔다.

무엇이 선이고 무엇이 후인지 판단이 되지 않는다. 어쩌면 날아가 버린 기억도 있었을 것이다.

이를테면 역경자가 터지며 데비의 칼 등급이 상승했을 테지만 그 안에 어떤 비밀이 품어져 있었는지는 기억나는 게 전무했다. 계속 떠올려 본들 극도의 긴장 상태에서 진행된 일이었다.

당시의 긴급했던 감정도 지금은 아련하기만 하다.

그런데 이러한 현상은 애송이들이나 겪는 현상이란 것이다.

아무래도.

이번에는 우연희의 스킬, 용맹의 영향이 컸었던 것 같다. 그 외에는 지금의 현상을 설명할 길이 없었다.

앞쪽에는 배낭 두 개를.

그리고 등 뒤로는 우연희를 업고서 오면서 발견했던 물웅덩이로 되돌아갔다.

첫째 날의 물웅덩이보다는 큰 곳으로 인근에 모닥불을 피웠다. 불쏘시개로는 유체 그라프의 시체를 주워다 썼다.

그래서 냄새가 고약하지만 우연희의 표정은 한결 편안해졌다.

한참 뒤.

"어…… 떻게 된 거야?"

그녀가 눈을 떴다.

"백 마리가 넘게 몰렸었다."

"미안해. 내가 놓친 게 있었나 봐."

우연희도 중독 증상은 사라진 것 같았다. 물어 뜯겼던 허리와 가슴 그리고 다리 쪽의 부상 때문에 여전히 흉한 몰골이지만.

"여기서 기다리고 있어."

"혼자 가려고?"

"며칠간 정찰조가 없어. 여기로 오는 녀석은 따로 없을 거다. 그래도 온다면."

지배의 반지를 빼서 우연희의 손가락에 끼워 줬다.

"그걸 말하는 게 아니야. 혼자는 위험해."

"걱정할 것 없다. 대전 퀘스트까지만 끝내고 돌아올 테니까."

"그러다 길을 잘못 들기라도 하면? 아직까지는 분기점이 나오지 않았지만, 충분히 있을 수 있는 일이잖아. 그렇지 않아?"

"틀린 말은 아니지. 분기점이 나오면 되돌아오마. 됐지?"

우연희는 다 죽어 가고 있는 얼굴이면서도 걱정 띤 눈길이 여전했다.

"그리고 인마. 누가 누굴 걱정해."

*　　*　　*

갈림길이 없이 계속 한길이었다.

정말로 잔병들을 다 처치했는지 나를 막아서는 게 없었다.

굴 너비가 서서히 좁아지고는 있었다. 그러다 호리병의 허리처럼 완전히 좁혀지는 부분이 나타났다.

굴 허리를 넘어가는 쪽으로는 공간이 확장돼 있었다. 그 안으로 석상 하나의 밑동과 유혹하듯 놓여진 던전 박스 두 개가 보였다. 그때 대전 퀘스트를 목전에 뒀음을 직감했다.

저기가 정확히 어떤 용도의 공간인지는 모른다. 그라프 일족의 신전일 수도 있고 배양실일 수도 있으며 무기고일 수도 있었다.

분명한 건 저 영역으로 들어가는 순간 석상이 잠에서 깰 거라는 사실이다.

그라프 일족의 어느 E급 던전에서는 저 석상들이 일반 잔병이었다. 머리가 두 개 달린 데클란 전사가 그들의 E급 던전에서 일반 잔병 노릇을 하고 있었던 것과 똑같이.

때문에 망설일 이유가 없었다.

손쉬운 퀘스트다.

굴 허리를 지나쳤다.

단번에 확장된 공간에서 석상의 크기가 제대로 보였다.

중체(中體) 그라프가 석화되었다면 저러한 모습일 거다.

“시간 끌지 말고 빨리 나와.”

석상에 대고 뇌까렸다.

기본적으로 그라프 일족은 데클란 군대보다 강력한 족속들이다. 그래도 가늠이 된다.

전력을 다할 것 없이 해치울 수 있을 것이다.

툭. 투두두둑.

석상에서 파편들이 떨어져 내렸다. 파편이 떨어져 나온 곳들을 중심으로 금이 가기 시작하더니, 마침내 녀석이 본 신형을 드러냈다. 녀석은 그대로 고스란히 나를 깔아뭉갤 생각이었을 것이다.

쿵!

귀청을 울리는 소리가 빠져나온 자리에서 울렸다. 나는 흙먼지를 뚫고 녀석의 등껍질 위로 올라탔다.

녀석은 나를 떨쳐 낼 심산으로 온몸을 비틀어 댔지만, 나는 이미 녀석의 마디 껍질을 붙잡고 있었다.

녀석이 나를 달고서 기지개를 켰다. 지면과 빠르게 멀어졌다.

그때 반응이 왔다. 녀석의 마디 껍질 하나를 까 버릴 생각으로 힘을 쏟고 있었는데, 실제로 껍질이 살짝 들리면서 핏물이 흘러나왔다.

이 녀석이 위험한 건 더 커진 다리들과 더 강력해진 독뿐이다. 내게 적중시키지 못하는 이상, 이 녀석은 몸이 커진 것에 불과하다.

내가 붙잡고 있는 마디와 상하로 연결되어 있는 마디.

총 세 개의 마디에 붙어 있던 다리 여섯 개가 일제히 내 쪽으로 휘어져 오는 건 당연했다.

다리가 촉수처럼 유연한 게 이 녀석들의 장기 중 하나.

그 순간을 기다리고 있었다.

[데비의 칼을 시전 하였습니다.]

궤도 계산이 끝난 뒤였다.

내 몸에서 튕겨져 나간 칼날의 기운이 나를 노려 오던 다리를 끊어 버렸다. 그러나 거기서 그치지 않고 구붓하게 휘어져서 더 높이 치솟고 있다.

기에에에엑—

녀석의 더듬이가 잘려져 나갈 때 나왔던 소리였다.

그쯤에서 마디를 붙잡고 있던 손을 놓았다.

혓바닥을 틀어막아야 한다. 지네 주제에 혓바닥이라니 웬 말이란 말인가.

바닥에 착지하고선 바로 녀석의 움직임을 주시했다.

[오딘의 분노를 시전 하였습니다.]

[대상: 광대의 단검]

E 등급의 근력에 오딘의 분노라면 녀석의 혓바닥 정도는 아작 낼 수 있으리라.

쐐악—

단검이 내 손을 떠났다. 뱅글뱅글 회전하면서 허공으로 솟구친 그것이 녀석의 혓바닥을 뚫으며 사라졌다.

녀석의 괴성이 딱 끊겼다.

쿠웅!

녀석이 쓰러지며 피어 올린 흙먼지가 안개처럼 뿌옇게 시야를 가렸다.

녀석은 발랑 뒤집어져 두껍고 긴 다리들을 아무렇게나 휘저어 대기 시작했다. 턱주가리도 바쁘게 움직이고 있었다.

멀쩡한 두 눈이 나를 지켜보고 있으나, 제 몸을 통제할 수 없는 상태였다.

그래서 내가 멀찌감치 돌아 접근하고 있어도 녀석의 다리들은 아무것도 없는 허공만 할퀴어 댈 뿐이었다.

장관이었다. 역겨운 장관.

녀석의 대가리 껍질을 양손으로 움켜쥐었다. 그러고는 온 힘을 다해서 잡아당겼다.

지이이익.

대가리 껍질이 곧 우리네의 두개골이나 마찬가지다. 그 안에서 꿈틀거리고 있는 신경계 최고의 중추에 주먹을 꽂아 넣었다.

퍼억! 팔목까지 깊숙이 들어갔다.

[중체 그라프를 처치 하였습니다.]

[6 포인트를 분배 받았습니다.]

[퀘스트 '동면'의 완료 조건을 충족 하였습니다. 최초와 차순위자를 합의 하에 결정 하여 주십시오.]

쉽다.

Chapter 8.

중체 그라프의 내부를 뒤적거렸다.

날려 보냈던 단검은 어지간히도 깊숙한 곳까지 침투해 있었다.

그때 혹시나 싶어서 뇌까려 봤다.

내가 최초라고.

[퀘스트 '그라프 퇴치'를 완료 하였습니다.]

[1500 포인트를 획득 하였습니다.]

[최초 완료 보상으로 '실버 박스'를 획득 하였습니다.]

우연희가 보이지 않는 곳에서 시스템에 화답해 둔 것이었다.

실버 박스가 떴을 때 심장이 가슴 벽을 크게 때리기 시작했다. 얼마 전 이 실버 박스에서 골드 박스의 내용물이 떴었다.

또 골드 박스의 내용물이 떠 버린다면? 말도 안 되는 일이지만 기대가 간다.

설마…….

[지진파가 12 상승 하였습니다.]

[지진파: F (12)]

이미 가속도가 붙고 있던 심장 박동이라 바로 식어 버리진 않았다. 그 박동이 계속 나를 부추기고 있었기 때문에 실망은 더 클 수밖에 없었다.

11에서 40까지 오를 수 있는 수치 중에 고작 12밖에 안 오른 것도 그렇지만.

지진파는 결국엔 버려야 할 스킬이었다.

이번 실버 박스는 아무런 의미가 없었다. 마치 일전의 기적을 상쇄시키듯이 말이다.

[누적 포인트: 2100]

시험 삼아 브론즈 박스 하나만 까 보기로 했다.

[브론즈 박스가 개봉 됩니다.]

[근력을 3 획득 하였으나 취소되었습니다.]

이미 E 등급에 올라선 근력이기 때문에 브론즈 박스에서 나온 근력 수치는 반영할 수 없다는 것이다.

실버 박스에 더불어 브론즈 박스까지 허무하게 날아갔다.

얼굴을 굳히며 발걸음을 옮겼다.

젠장. 내게는 박스 까기 전의 의식이 따로 없었으나 이번만큼은 어쩐지 우연희처럼 씻기라도 해야 할 것 같았다.

씻어서 불운을 날린다.

그러나 그 생각은 그리 오래가지 않았다.

나라고 처음부터 의식에 회의적이었던 것은 아니었다.

씻어도 보고, 믿지도 않는 절대자에게 기도도 해 보고, 시침과 초침이 겹쳐지는 시간을 노려 보기도 하고.

그래. 어떤 사이코를 따라 사람의 목숨을 제물로 바쳐 본 적도 있었다. 나를 제물로 삼겠다며 뒤통수를 친 녀석을 도리어 제물로 삼아서.

그러나 어떤 의식도 꾸준하질 못했다. 적어도 내게는 말이다.

그런데도 강화의 의식만큼은 고집하고 있으니 나도 꽤나 모순적인 놈이다.

누구나 다 그렇듯 경험에 의존하며 살 뿐이다.

다시 간다!

[체력이 7 상승 하였습니다.]

[체력: F (34)]

성적이 나쁘지 않았다. 남은 포인트는 실버 박스 두 개로 연다.

[감각이 31 상승 하였습니다.]

[감각: F (94)]

이대로!

[근력이 4 상승 하였습니다.]

[근력: E (19)]

*　　*　　*

우연희는 내가 다친 구석이 있는지부터 확인했다. 핏물이 새롭게 물들어 있는 몇 군데를 빼고는, 나는 떠날 때와 달라진 게 없었다. 돌아오는 길에 얼굴도 씻어서 더욱이 그랬다.

"낫는 데만 집중하라니까. 내가 언제 돌아올 줄 알고?"

식사 준비가 되어 있었다. 데워진 통조림 내용물이 반합에 담겨 있다.

"괜찮아. 부활자 특성이 다시 발동됐거든. 지금부턴 움직일 수 있어."

납득이 갔다.

움직일 수 없어 보이는 상태에서도 운신이 가능하며 상처 또한 벌어지지 않는 것이 부활자의 효과다.

통증까지는 어쩌지 못해도 엄청난 메리트가 있는 효과임에는 틀림없었다.

거기에 재생자 특성까지 합쳐지면 비록 통증이 수반될지언정 전투 지속 시간이 비약적으로 늘어나 버리는 것이다.

이는 당연히 힐러보다 딜러에게 적합한 성장이었다.

우연희가 스킬 증오를 띄웠을 때 대수롭지 않게 대꾸했지만. 흥미롭게도 우리의 성장 과정은 기존의 틀을 점점 벗어나고 있었다.

한 역할에 치중되지 않는다. 나는 탱커와 딜러를. 우연희는 힐러와 딜러를.

이런 경우가 있었던가?

엉덩이를 깔고 앉을 때 시선 안으로 우연희의 주먹이 불쑥 들어왔다.

어느새 빼낸 지배의 반지가 그 안에서 반짝이고 있었는데, 다른 반지 하나가 그 밑으로 겹쳐 있었다.

"대전 퀘스트 보상이 들어왔어."

[화염의 반지 (아이템)

효과: 화염의 기운을 쏘아 보냅니다. 몬스터를 처치할 때마다 1 씩 충전 됩니다. 최대 5 까지 충전 시킬 수 있습니다.

등급: E

재사용 시간: 5분

충전: 0]

반지 두 개를 손가락에 끼며 말했다.

"잘했다. 좋은 거야."

그건 분명 우연희가 듣고 싶어 하는 말이었다. 그리고 사실이었다.

우연희는 활짝 웃었다가 온 인상을 찌푸렸다. 얼굴 근육을 움직일 때마다 함몰된 광대 쪽에서 통증이 밀려오는 모양이다.

"그래서 밥 먹을 수 있겠어?"

"누구 말대로, 다 먹고 살자고 하는 일이잖아."

너스레를 떠는 그녀는 기분이 좋아 보였다.

며칠 만에 식사를 시작했다.

음식물이 들어가고 나서야 얼마나 허기져 있었는지를 제대로 깨달을 수 있었다. 온갖 아귀들이 위벽을 긁어 대는 듯한 느낌들이 순식간에 뻗쳐 나왔다.

그때부터 우리는 한마디 대화 없이 먹고 또 먹기만 했다.

데워 놓지 않은 통조림 또한 식은 상태 그대로 섭취하면서 빈 깡통들이 늘어 갔다. 우연희가 문득 놀란 눈을 뜨며 말했다.

어쩐지 부끄러운 기색으로.

"이러다 다 먹어 버리고 말겠어."

"이 정도면 충분한 것 같다. 이후부터는 낚시로 때워야겠어."

남은 퀘스트는 보스전뿐이지만 지금까지 어떤 분기점과도 마주친 적이 없었다. 여기 구조가 분기점이 없는 일직선형일 수도 있겠으나, 그렇지 않을 가능성이 더 높은 게 사실.

아직은 여기 던전이 어디까지 늘여져 있는지 알 수 없다.

"낚시?"

우연희가 되물었다.

그녀가 괴생물체를 마주하게 된 건, 다 낫게 된 며칠 후였다.

중체 그라프를 처치했던 동굴 허리 부근에서 약간 못 미친 곳.

헤엄도 칠 수 있는 규모의 물웅덩이에서 괴생물체를 낚아 왔다.

포인트를 주지 않는 데에서도 알 수 있듯이 위험한 생물은 아니었다. 다만 이계의 별종이라기보다는, 그나마 우리네 심해에서나 사는 어류의 일종으로 생각해야 비위가 상하지 않을 것이다.

"행운이라 여겨. 여긴 식량과 물이 존재하잖아."

물론 우연희는 바로 먹질 못했다.

뼈를 바르고 살만 뜯어 삶아 낸 것이었어도, 거기로 보내는 역겨운 시선에는 변함이 없었다.

이 살덩이가 어떻게 생겨 먹은 것에서 나온 것인지 알고 있으니까.

"몬스터는 우리네 몸에서 받질 않는다. 하지만 이것들은 가능하지."

우연희는 그녀가 지을 수 있는 가장 끔찍한 표정을 지었다.

몬스터를 먹어 본 거야?

그런 시선이었다.

"그렇게 포인트를 주지 않는 것들은 먹어도 무방하고, 어디까지나 동물체에 한해서다. 무턱대고 벽에 붙어 있는 것들을 따 먹어서는 안 돼. 여기에는 그런 것들이 없지만 새겨들어야 한다. 우연희."

우연희는 심각한 고민에 빠졌다.

과연 먹어야 할지 말아야 할지, 그러다 내 부담스러운 시선을 못내 이기지 못하고 두 눈을 질끈 감아 버렸다.

똥을 씹어도 저런 표정이 나올 순 없을 것 같았다. 재미있는 표정.

역시 우연희는 거기에서 맛을 느끼지 못했다. 사실 천천히 음미하고 먹으면 고소한 맛이 난다.

식사를 끝낸 우리는 다시 걸음을 옮겼다.

동굴의 허리 부근에 도달했다.

며칠 전에 처치해 놓은 중체 그라프의 시체는 우연희의 가시거리를 벗어날 만큼 크다. 그래서 우연희는 몇 걸음을 더 움직이고 나서야 시체의 대가리를 직접 볼 수 있었다.

우연희가 역겨움에 일그러진 얼굴을 내게로 돌렸다. 그녀의 표정이 서서히 변했다. 감탄이 서렸다.

그녀의 가시거리가 미치지 못하는 곳에 또 존재하는 게 있었다.

"따라와."

그녀를 던전 박스로 유도했다. 그녀는 준비가 끝나 있었다.

나는 지체 없이 던전 박스로 손을 뻗었다.

[박스를 개봉 하시겠습니까?]

물론이다.

[아이템 '보호 장갑'을 획득 하였습니다.]

[보호 장갑 (아이템)

효과: 소폭의 물리 피해를 흡수 합니다.

등급: F]

손바닥 위로 모여든 빛이 장갑으로 변했다.

이로써 아이템 한계 개수인 8개가 다 채워졌다.

여기에 해당하는 업적명이 아마 '포식'이었을 것이다.

[업적 '포식'을 달성 하였습니다.]

[최초 달성 보상으로 특성 '수집자'를 획득 하였습니다.]

[수집자 (특성)

효과: 강화 실패 시, 아이템이 사라질 확률이 소폭 하락 합니다.

등급: F]

수집자는 우연희의 부활자에 더불어 처음 접해 보는 특성이었다. 최초 보상으로 받은 것이라, 업적 포식에서 나오는 기존의 특성보다 월등히 좋은 건 사실이다.

그러나 끝까지 남겨 두고 성장시킬 만한 특성인지는 계산이 애매하다. 일단 보류.

남은 던전 박스로 관심을 돌렸다. 첫 번째 던전 박스는 저주가 아니었다.

이번에는 과연…….

[공포증(대인)을 획득 하였습니다.]

[대인 (공포증)

효과: 사람에 대한 공포를 소폭 유발합니다.

등급: F]

아!

저주인가.

그런데 우연희는 내가 무엇을 얻었는지 판별이 불가능한 것 같았다. 나는 어서 시작하라고 수신호를 보냈다.

그때 분명히 보였다.

그녀의 시선이 내 오른손으로 향해 있었는데, 손가락에 끼워져 있는 반지들을 맹렬한 눈빛으로 쳐다보는 것이었다.

하긴, 여기까지 와서 이 아이템들의 가치를 모르면 병신 중에서도 특급 병신일 것이다.

지배의 반지는 그녀도 직접 차 본 적이 있었다.

무려 다이아 박스에서 나온 B 등급의 아이템이다. 사용 즉시 몬스터 하나를 포획하고 시작하기에 활용도가 무궁무진한 아이템.

그 외에도 내게는 일곱 개의 아이템이 더 있었다.

반 이상이 우연희가 인계한 것들이다.

어쩌면 배은망덕하게도 그녀는 억울해할 수도 있는 일이었다. 사람이란 게 다 그렇듯.

그러나 그녀가 억하심정이 있을지언정 나를 공격할 가능성은 전무했다.

순수 능력치 대결은 고사하고, 유일한 딜링 스킬인 증오를 써 봤자 자신의 죽음을 더 빠르게 초래할 뿐이란 걸 모르지 않을 테니까.

우연희는 시작의 장을 겪어 보지 않았다. 그렇게 본 시대의 녀석들처럼 인간성이 오염되지 않은 상태인 건 틀림없다.

그래도 모르는 일이다. 인간의 천성은 본시 악(惡)하지 않은가? 그녀의 내면 깊숙한 곳에도 어김없이 잠들어 있을 테지.

그러니 나를 위협할 수 있는 단계까지 성장하기 전에, 적정선에서 제거해 둠이 마땅할 것이다.

당장은 아니지만…….

[우연희가 공포증 치료를 시전 하였습니다.]

*　　*　　*

굴의 너비가 다시 넓어지기 시작한 지 얼마 되지 않았을 때였다.

우연희를 옆으로 밀쳐 버린 다음, 밑에서 솟구쳐 오른 턱을 움켜잡았다. 날카로운 송곳니 모양의 그것이 두 개 달려 있다.

녀석은 끝까지 버텼으나 오래가지 못했다. 서서히 지면 밖으로 빨려 나왔다.

그때 우연희가 빠르게 끼어들었다. 한 손으로 더듬이를 잡고 남은 한 손의 단검으로 더듬이를 끊어 낸다.

쉐쉐—

그렇게 연달아 두 번.

그녀는 내가 벌려 놓은 턱 사이로 제 팔을 깊숙이 집어넣었다.

거기에 들려 있던 단검이 아마도 녀석의 중추 신경을 쑤셔 놓았을 것이다.

[2포인트를 분배 받았습니다.]

[누적 포인트: 2]

"굴 허리까지였었나 보군."

우연희가 무슨 말이냐는 듯한 시선으로 쳐다보았다.

며칠 전 무지막지하게 몰려들었던 녀석들은 굴 허리를 경계로 아래에 있었던 녀석들인 것 같았다.

"녀석들 전체가 몰려들었던 게 아니었어. 추측건대 절반, 그쯤 될 거다."

"이번에는 도망치는 녀석들이 없도록 두 눈 부릅뜰게."

"그땐 네 탓이 아니었어. 맘에 두지 마라."

우연희가 기다려 달라고 말했다.

완전히 망가져 버린 단검을 버리고 새로운 단검을 꺼내기 위해서였다. 그러나 배낭을 뒤지던 그녀의 손이 아무것도 찾질 못하고 빈손으로 나왔다.

"칼을 더 가지고 왔어야 했어."

우연희는 하는 수 없다는 듯 석궁 화살을 무기로 삼았다.

여차하면 그걸로 녀석들의 눈 안을 쑤셔 버릴 생각인 것 같았다. 여기 녀석들은 갑자기 출몰하기 때문에 석궁을 조준해서 쏠 틈이 나지 않기 때문이다.

그녀의 민첩 수치는 등급 업을 목전에 두고 있었고, 이를 돌파하고 나면 거기에 익숙해지는 과정을 겪어야 했다. 며칠이 될지, 몇 주가 될지.

그래서 지금까지 우연희의 포인트를 누적시켜 왔지만 더는 미룰 수 없어 보였다.

시간을 허비하더라도 안전하게 가는 게 낫다.

그녀에게는 쉽게 부러질 나뭇가지가 아니라 제대로 된 무기가 필요했다.

새로운 물웅덩이에 도착해서 말했다.

"박스를 까 보자."

던전 공략을 마친 후에 열기로 했던 것인데, 우연희는 잔말 없이 고개를 끄덕였다.

그녀는 씻으면서 유체 그라프의 아가리 안으로 팔을 집어넣었던 찝찝함 또한 떨쳐 낼 수 있었다. 그녀가 의식을 끝내고 돌아왔다.

우연희의 누적 포인트는 방금 전 녀석의 2포인트를 합쳐서 2082포.

"모두 브론즈 박스로."

"목표는?"

어차피 운발이지만 들려주었다.

"네가 쓸 수 있는 무기로. 이왕이면 가장 익숙한 단검 계통이 좋겠지."

첫 번째 시도에서 근력이 3, 두 번째 시도에서 감각이 1, 세 번째 시도에서 민첩이 6.

세 번을 연달아 능력치 수치를 띄웠다. 그녀는 민첩 등급업에 관한 주의 사항이 떠올랐는지 놀란 눈으로 즉각 중단했다.

"다음 등급 업까지 6밖에 남질 않았어. 계속 갈까?"

"일단은."

우연희가 주위를 빠르게 훑어봤다. 아무것도 없이 고요할 뿐이나 언제 갑자기 나타날지 모르는 녀석들을 의식한다.

그래서 그녀는 다시 시작한 박스 의식을 평소보다 빠르게 끝냈다. 얼굴과 손만 씻은 것이다.

지금까지 그녀의 의식은 꽤 효과가 있어 왔다.

"갈게."

우연희가 네 번째로 띄운 것은.

[우연희가 인장 '강화' 를 인계 하였습니다.]

긋!

강화의 인장이었다. F급짜리.

좋은 인장이라고 설명해 주지 않았어도 그녀는 이것의 가치를 알고 있었다.

우연희의 의식이 이번에도 통했다. 빙그레 웃어 보인 그녀를 보자, 이 박스 의식이 그녀만의 절대적인 룰로 자리를 잡게 될 거라 직감할 수 있었다.

잘했지? 거봐, 효과가 있다니까!

우연희가 그렇게 번질거리는 두 눈으로 나를 올려다봤다.

그녀의 시선이 다시 허공으로 돌아갔다.

박스가 열렸을 시간이 지났음에도 그녀의 시선이 고정된 자리에서 움직이질 않는다.

그런가?

스킬이 뜬 것 같았다.

내가 배려해 주었던 사실을 우연희는 차마 모를 테지만, 구태여 주절주절 설명해 주는 것도 내 성미에 맞지 않았다.

역시나. 예상이 맞았다.

"……최초 달성 보상을 얻었어."

스킬 8개를 처음 가득 채웠을 때의 업적명은 '능수능란'이다.

본 시대에서 이 업적을 달성하고 얻은 특성은, 기억하고 있을 이유도 없는 쓰레기였다. 쉽게 달성할 수 있는 업적들은 전부 다 그랬다.

그런 업적들은 아무런 의미가 없었다. 억지로 의미를 붙여 본들 지나온 날을 회상할 수 있는 재료 정도?

그러나 최초와 차순위자에게 부여되는 특성은 기존의 것들과 다르다.

훨씬 월등하다!

“‘업적 능수능란을 달성하였습니다. 최초 달성 보상으로 특성 충만자를 획득하였습니다. 특성 효과 대상에게 강력한…….’”

우연희가 메시지를 읽어 나갔다. 그녀의 설명을 담아 보자면 이랬다.

[충만자 (특성)

효과: 대상에게 강력한 피해를 입혔을 때, 매우 낮은 확률로 모든 스킬의 재사용 시간이 10% 줄어듭니다.

등급: F(0)

재사용 시간: 1일]

최초 보상으로 나올 만한 특성이다.

“스킬은?”

그런데 표정이 묘했다. 증오 스킬을 띄우며 보였던 표정과 똑같았다.

“혼란.”

이름만 들어도 무슨 스킬인지 뻔했다. 증오에 이어서 또 정신계의 딜링 스킬이 뜬 것이다.

우연희의 스킬 갯수는 한계까지 꽉 채운 8개.

마리의 손길: 물질계 힐링

육체 치료: 물질계 힐링

공포증 치료: 정신계 힐링

환희: 정신계 힐링

용맹: 정신계 힐링

증오: 정신계 딜링

혼란: 정신계 딜링

개안: 일반

스킬 구성이 힐러 쪽에 치우쳐 있긴 하나 딜링 스킬이 두 개나 있다는 건 의미가 크다. 과연 우리는 틀에서 벗어나고 있었다.

우연희의 육성이 전적으로 내게 달린 이상 신중하게 생각했다.

"용맹을 제거해."

내게는 독으로 작용하는 스킬이다. 거기에 들어가는 포인트가 아깝다.

"했어. 이제 마지막 박스를 까 볼게."

우연희는 작은 두 주먹을 움켜쥐었다.

마지막 박스에서 무기가 특정돼서 나올 가능성은 거의 없지만 또 모르는 일이다.

잠시 후 우연희의 시선이 아래로 떨어졌다.

왔다.

그녀의 오른손이 어느새 펴져 있었고, 그녀는 두 눈을 깜박이며 거기에 올려진 물건을 쳐다보기 시작했다.

서슬 퍼런 짧은 날이 꽤나 날카로워 보이는 게 괜찮은 단검이었다.

이래서 말이다. 이래서 중독되어 버리는 것이다. 던전에.

"읍!"

우연희는 남은 한 손으로 제 입부터 틀어막았다. 그러고는 발을 동동 구르면서 어쩔 줄을 몰라 했다.

소리를 지르고 싶은데 질러서는 안 되니, 얼굴만 시뻘겋게 변했다.

그런 우연희 앞으로 손을 내밀었다. 우연희와 함께 그녀가 띄운 단검도 부들부들 떨렸다.

[침식의 단검 (아이템)

효과: 대상에게 입힌 피해를 소폭 증가 시킵니다

등급: F(0)]

박스가 주는 무기는 다양하다.

비록 F급 잠재력의 평범한 단검이라고 해도 언제 또 우연희에게 맞는 무기가 나올지는 미지수였다.

우연희에게 단검을 되돌려 주었다. 그녀가 흥분이 가시지 않은 목소리로 말했다.

"잘 쓰고 돌려줄게."

"아니. 잃어버리지만 마라. 단검집은 돌아가서 선물로 맞춰 주지."

우연희는 단검을 몹시 마음에 들어 했다. 휙휙 저을 때마다 손에 착 감기는 맛이 있다고 했다.

남대문 시장에서 맞춘 민간인용 단검만 써 봤던 그녀였기 때문에 당연한 반응이었다.

* * *

확실해졌다.

분기점에서 오른쪽 길을 택했던 게 패착이었다. 잘못된 선택의 보상이기라도 하듯 던전 박스 하나가 막다른 길 끝에 놓여 있지만.

여기까지 오는 길에 우연희는 한 번 더 지옥을 맛봐야 했다.

삼 일간 그녀는 고열에 시달렸다. 단순히 고열뿐이라면 지옥이라 표현할 일도 없을 것이다. 녀석들의 물어뜯는 듯한 통증을 익히 알고 있어서, 우연희가 신음을 흘리며 괴로워할 때마다 내 마음도 착잡했다.

그래도 이번 진로에서 백 마리가 넘는 녀석들이 몰려드는 일은 없었다. 전투 도중에 도망치려는 두 녀석이 있었으나 한 녀석은 속박의 메달에, 한 녀석은 지배자의 반지에 막혔다.

어쨌든 삼 일 동안 우연희는 물조차 마시길 힘들어했다.

그녀의 특성 부활자에도 약점이 있었다. 중독 상태에서는 부활자가 발동하지 않는다. 어디가 파 먹히고 부러지는 등 심각한 외상에서만 발동한다.

"단검은?"

우연희는 사고를 제대로 할 수 있게 되자 그것부터 찾았다.

"주워 놨다. 몸은?"

"이제 좀 살 것 같아. 얼마나 지난 거야?"

"3일."

"……내가 짐이 되고 있어."

"그랬다면 진작 버렸겠지. 쓸데없는 생각 말고 밥부터 먹자."

어쩐지 느낌이 그랬다.

분기점은 거기가 끝일 것 같다고.

나머지 왼쪽 길이 보스전으로 직행하는 길일 거라고.

[체력이 6 상승 하였습니다.]

던전 박스에서 나온 물건이다.

* * *

우리가 처치했던 그라프 시체들이 띄엄띄엄 위치해 있었다.

분기점까지 되돌아가는 길이었다. 우연희는 내 지시에 의해서 입을 완전히 다물고 있었다.

막다른 벽에 부딪쳤다가 되돌아가는 길은 지금까지 중에서 가장 신중했다.

우연희의 중독 상태가 해소되기까지 삼 일, 그동안 정찰조 한 번 나타난 적이 없었는데 이는 그라프들의 습성상 있을 수 없는 일이었다.

심증이 있었다.

정찰조 중 어떤 녀석들이 제 일족의 시체를 발견하고 되돌아갔을 거라는.

그랬다면 당연히 있어야 할 습격이 없다.

답은 하나였다.

매복.

어디에서 매복하고 있을지는 모른다. 바로 여기가 될 수도 있다.

천장이든 땅이든 녀석들이 몇 겹으로 쌓여 있어도 충분한 두께일 터.

문제는 얼마나 많은 것들이 매복해 있냐는 것이다. 벌써부터 오딘의 분노를 시전해 둔 것은 바로 그러한 이유에서였다.

천장은 저 높이 멀어져 있지만 지면은 발과 맞닿아져 있다.

발걸음이 옮겨질 때마다 어김없는 푸른 불꽃이 지면에서 튀어 댄다.

빠지직—

그렇게 지면 속을 침투해 사라져 간다. 침투시킬 수 있는 정도가 얕아도 가만히 당하고 있는 것보단 나으리라.

"우연희. 준비해 둬."

모처럼 입술을 뗐다.

분기점까지 얼마 남지 않았다. 만일 분기점에 도착할 동안 녀석들이 나타나지 않는다면 분기점에서 정비 시간을 가질 계획이었다.

빠지직.

전신을 타고 내려간 뇌력이 발바닥 아래에서 몇 줄기의 푸른 불꽃으로 화했다.

보폭을 크게 가져가면서 한 걸음씩 뇌력을 집중하던 그때.

바로 정면에서 흙더미가 솟구쳐 올랐다. 녀석은 따끔한 송곳에 찔리기라도 한 듯 온 마디를 빳빳이 세우면서 나타났다.

그때부터였다.

쾅!

쾅쾅쾅!

지면 전체가 흔들렸다. 거대한 지네들이 불규칙적으로 지면 속에서 뛰쳐나왔다. 후방에는 그런 움직임이 하나 없는 반면 정면에서만 흙먼지가 뿌옇게 일었다.

천장에서도 흙이 쏟아져 내리며 녀석들의 더듬이가 휘적거리는 게 보였다. 당장은 가늠이 되지 않지만 빌어먹게 많은 수가 분명했다.

흙먼지가 내려앉는 찰나, 보이는 것이라곤 꿈틀거리는 거대한 지네들뿐이었다.

이것들의 중심에서 당했을 것을 생각하면 아찔할 수밖에.

그러나 녀석들의 계획과는 달리, 녀석들은 내 앞으로만 포진해 있었다.

[가이아의 의지를 시전 하였습니다.]

시야에 잡힌 온갖 더듬이들이 나를 향해 움직였다.

탓!

나 역시 지배의 반지를 개방시킴과 동시에.

데비의 칼을 던지며 뛰어들었다.

* * *

하나 남은 녀석이 기어 오기 시작했다.

수십 개의 다리와 딱딱한 마디들을 쉴 새 없이 움직이면서, 녀석이 낼 수 있는 가장 빠른 속도였을 것이다.

제 일족의 시체 위를 기어 오는 도중에 녀석의 다리 또한 핏물로 질척해졌다. 다리들이 움직일 때마다 핏방울이 사방으로 튀어 댔다.

녀석은 기필코 나를 올라타서, 그 큰 턱을 어디든 쑤셔 넣겠다는 기세였다.

나는 주저앉은 채 쌓여 있는 시체에 등을 기대고 있었다.

마비 증상 때문이었다. 그래서 녀석은 도망치지도 않고 절호의 기회라 여겼던 것 같다.

[화염의 반지를 사용 하였습니다.]

반지에서 튀어나온 불덩이가 녀석을 향해 날아갔다.

그 속도는 녀석이 몸을 마는 속도보다 느렸다. 녀석의 껍질에 부딪친 불덩이가 깨진 유리잔처럼 불똥으로 산산조각 났다.

화르륵.

녀석은 별 피해 없다는 듯이 다시 마디를 폈다.

그렇게 나를 향해 다시 움직이는 녀석이었으나, 어느 시점에서 갑자기 멈춰 버리는 것이었다. 줄곧 나를 향해 있던 더듬이는 어둠을 헤매듯이 줏대 없이 흐느적거렸다.

애송이가 혼란 스킬을 썼구나.

"내가 정리할게."

머리 위에서 들려오는 소리였다.

우연희는 녀석들의 시체를 밟고 서서 나를 내려다보고 있었다.

그녀가 내 옆으로 가볍게 뛰어내렸다. 그러고는 바로 시체들을 밟으며 녀석에게 쇄도했다.

시체 껍질 위는 번져 있는 핏물 때문에 상당히 미끄럽지만 중심 한번 잃지 않았다.

우연희가 가깝게 접근하고 나서야 녀석이 황급히 기지개를 폈다. 그러나 한 박자 늦은 때였다. 우연희가 끊어 낸 더듬이가 시체 틈 사이로 떨어져 사라져 있었다.

그녀는 거리부터 벌리고 봤다.

꾸물꾸물.

시체들 틈 사이에서 기어 나오는 더듬이는 두 개가 아니었다.

십 수 개의 더듬이가 뱀처럼 나타났다. 아직 목숨이 끊기지 않은 녀석들의 더듬이였다.

그것들은 몸체에서 떨어져도 스스로 살아서 움직인다. 할 수 있는 공격이라고는 대상을 기어 타 목을 조르는 것밖에 없다. 그래도 길이가 길어서 수가 모이면 위협이 될 수 있었다.

우연희는 침착하게 혹은 영민하게 단검을 박아 댔다. 더듬이를 다 처리한 이후에는 허우적거리는 녀석에게 조심스럽게 접근했다.

내가 중체 그라프를 처치했을 때 그랬듯이, 그녀도 녀석의 등 뒤로 돌아갔다.

목에 단검을 쑤셔 박아서 긁으며 빼냈다.

그렇게 수차례.

녀석의 대가리가 땅으로 떨어졌다.

우연희는 바로 돌아오지 않았다.

목숨이 붙어 있는 것들이 시체들 사이에 파묻혀 있기 때문이었고, 그것들의 숨통을 전부 끊어 놓은 후에야 돌아오는 우연희였다.

[우연희가 육체 치료를 시전 하였습니다.]

무거운 몸을 이끌고 힘겹게 일어났다.

목과 사지에 수백 킬로그램의 족쇄를 달아 놓은 듯한 느낌이었다.

고개를 제대로 들 수 없었다.

한편 아직까지 터지지 않은 역경자는 내게 엄살 피우지 말라고 뇌까리는 듯했다.

"이동할게."

우연희가 나를 부축하며 말했다.

이번 전투에서 예순을 넘게 해치웠다. 우연희가 전투에 개입했던 정도는 미약해서, 사실상 나 혼자 휩쓴 것이었다.

역경자 없이.

*　　*　　*

삼 일간의 지옥 끝.

나도 우연희와 똑같은 말을 하게 되었다.

"이제야 살 것 같군."

비몽사몽 흐릿한 정신 속을 헤맸던 며칠이었다.

그동안 머물러 있었던 영역은 악몽과 현실의 경계였다.

그라프 일족의 A급 던전에서 목격했던 놈이 환각으로도 나타났으니까. 자그마치 군주의 명칭을 달고 있는 놈이었다.

창백하게 얽은 얼굴에 이글거리는 눈.

깊게 파여 있는 눈두덩이 안에 두 개의 태양을 담고 있는 놈이었다.

그 눈을 보는 누군들 공포에 떨지 않을 수 없었다.

대(大) 공포의 존재를 환각으로나마 마주했기 때문일까.

F급 보스전을 향했던 긴장감이 다소 사그라들었다.

설사 어머니계가 보스로 주둔하고 있다 해도 해 볼 만하다는 생각까지 들었다.

실제로 능력치가 이따위라도 나 혼자서 E급 헌터 여러 명 몫을 해내고 있었다.

정비를 마치고 이동을 시작했다.

갈림길에서 왼쪽 길로 진입한 지 몇 시간이 지나도 습격이 없었다. 여기에 존재하던 졸병 녀석들을 모두 처치했을 가능성이 높았다.

던전 박스들이 놓인 부근에 이르렀을 때.

추정이 확신으로 변했다.

던전 박스 네 개가 나란히 내 손길을 기다리고 있었다. 문으로 나눠지진 않았어도 보물 방이라고 부르기에 손색이 없는 구역이었다.

우연희도 나와 같은 생각을 하고 있었던 것 같다. 내가 멈춰 서자 내뱉은 그녀의 목소리는 부쩍 긴장된 목소리였다.

"곧 보스전이겠지?"

굴 폭이 서서히 좁혀져 왔었다. 중체 그라프가 있었던 굴 허리처럼, 이 길 또한 끝에는 보스 몬스터가 있는 커다란 공간이 있을 것이다.

"아직까지 탈주의 인장을 쓰지 않았어. 우리."

돌아가고 싶어서 꺼낸 이야기는 아닌 것 같았다. 화성 던전에 비해 비약적으로 성장한 우리에 대해서 말하고 싶은 듯 보였다.

그녀는 긴장하고 있지만 동시에 성취감도 만끽하고 있었다.

"여기서 정비하자."

내가 말했다.

아직 우연희는 정비 구역이 왜 꼭 여기인지 몰랐다. 던전 박스들이 그녀의 가시거리에도 들어오는 곳까지 이동하고 나서야 그녀의 표정이 밝아졌다.

첫 번째 박스의 저주로 하루를 소비.

두 번째 박스의 저주로 또 하루를 소비.

연달아 이틀이 지났다.

셋째 날.

"충전됐어."

우연희가 시작을 알려 왔다. 공포증 치료를 다시 쓸 수 있다는 것이다.

그녀는 가시거리 한계 지점에서 나를 주시하기 시작했다. 이번에도 또 저주가 튀어나온다면…….

[데비의 칼이 9 상승 하였습니다.]

[데비의 칼: F (9)]

"괜찮아. 다음 박스 간다."

"화이팅!"

[체력이 10 상승 하였습니다.]

[체력: F (50)]

이 놈의 던전 박스는 이렇게나 제멋대로다. 필요한 종목에 높은 수치를 내놓은 걸로 애교를 떨고 있으나 잊어선 안 된다. 이틀 연속 저주만 내놓았던 녀석이다.

우연희에게 괜찮다는 수신호를 보내며 최종 점검에 나섰다.

"상태 창."

[이름: 나선후

체력: F(50) 근력: E(19)

민첩: E(0) 감각: F(63)

누적 포인트 : 222

특성(7) 스킬(5) 인장(3) 아이템(8)]

[특성 — 역경자: E(0) 괴력자: F(5) 탐험자: F(0) 차단자: F(0) 질풍자: F(0) 타고난 자: F(0) 수집자: F(0)]

[스킬 — 오딘의 분노: F(16) 데비의 칼: F(9)

가이아의 의지: F(0) 지진파: F(12) 개안: F(0)]

[인장 — 탈주(F) 해방(F) 강화(F)]

[아이템 — 지배의 반지(B) 속박의 메달(E) 활력의 귀걸이(E) 화염의 반지(E) 광대의 단검(E) 눈먼 자들의 반지(F) 예민한 자들의 반지(F) 보호 장갑(F)]

*　　　*　　　*

굴이 좁은 통로로 변했다.

대여섯 사람이 나란히 걸으면 가득 찰 정도로 좁은 양 끝에는 석상들이 줄지어 있었다.

바로 보스의 거대 공간이 나올 거라는 예상과는 달리 긴 통로가 기다리고 있었던 것이다.

우연희는 고개를 치켜들어도 석상의 머리 부분을 볼 수 없었다. 석상들 하나하나가 중체 그라프 크기였기 때문이다. 외형 또한 중체 그라프 그대로.

빌어먹을.

어떤 식의 보스전일지 감이 잡혔다.

본 시대에서는 잘 뚫어 놓고도 보스 전에서 막히기 일쑤였다.

이러한 이유 때문이다. 수십 마리의 중체 그라프가 일시에 덮쳐 온다면 감히 누가 감당할 수 있겠는가.

뭔가 해 보기도 전에 깔려 죽을 일이다.

"물러나 있어."

석상의 나열이 시작되는 바깥 영역으로 우연희를 돌려보냈다.

오딘의 분노까지 실어서 석상의 밑동을 때렸다.

쾅!

그러나 꿈쩍도 하지 않는다.

보기에만 석상이지 실제 이뤄진 물질이 별세계의 것일 수도 있고 보스 몬스터의 힘이 실려 있을 수도 있었다.

주먹만 화끈거렸다. 석상의 강도(剛度)가 엄청나다.

하지만 이 석상들만 사전에 치울 수 있다면 오히려 호재라 할 수 있다.

왜냐하면 여기의 보스 몬스터는 이것들에 의존하는 녀석이 분명할 테니까.

즉, 그라프를 통제하는 녀석.

지금까지는 일족의 어머니계가 보스 몬스터일 거라고 추정해 왔으나 아버지계일 가능성이 높아졌다.

그것들 본신의 힘은 그리 위협적이지 않다. 적어도 지금의 내게는 말이다.

우연희는 석상을 믿을 수 없다는 듯이 바라보고 있었다. 그렇게 강력하게 강타했고, 또 큰 소리가 났음에도 생채기 하나 나지 않았기 때문이었다.

그녀는 어떤 상상까지 치달았는지 소름 돋은 얼굴로 변해 있었다.

그 얼굴에 대고 말했다.

"역경자를 터트려 봐야겠어."

[활력의 귀걸이를 사용 하였습니다.]

[체력 등급이 변동되었습니다. 변동: F → E]

우연희의 얼굴이 확 굳었다.

나는 그녀가 움켜쥐고 있는 단검을 턱짓해 가리켰다.

자해로는 역경자가 터지지 않는다. 외부의 공격으로 전투 불능 상태에 돌입해야만 하는 것이, 어쩌면 약점이 될 수도 있겠다.

정말 해?

우연희가 그런 심각한 눈빛으로만 물어 왔다.

옛날 사무실의 세면실에서처럼 복부 한 지점을 가리켰다.

우연희의 단검은 그날처럼 떨리지 않았다. 느릿하지만 확실하게 내가 가리킨 지점을 찔렀다.

"읍!"

일반적인 느낌과 달랐다.

단검 효과가 배가 되어서 더 깊숙이 쑤셔 들어온 듯한 통증이었다.

배를 움켜쥐며 주저앉았다.

흘러나온 피가 더 더러워질 게 없었던 셔츠를 벌겋게 물들이기 시작했다. 셔츠 아래에서도 이미 다량의 피가 흘러나온다.

과다 출혈로 전투 불능에 빠지기까지 기다렸다. 이윽고 오한이 진해질 무렵.

기다리던 메시지가 흐릿해진 시야를 뚫고 나왔다.

[역경자가 발동 하였습니다.]

[부상이 중폭 회복 됩니다.]

[일시적으로 고통을 잊습니다.]

[역경자 지속 시간: 0시 10분]

메시지가 빠르게 솟구쳐 댔다.

네 종목의 능력치와 역경자 외 여섯 개의 특성 그리고 다섯 개의 스킬 전부가 한 등급씩 상승했음을 알리는 메시지였다.

그때 의도치 않게 데비의 칼에 대한 비밀이 풀렸다.

[데비의 칼 (스킬)

효과: 날카로운 기운을 쏘아 보냅니다. 시바의 칼로 변환이 가능합니다.

등급: E(0)

재사용 시간: 5분]

무엇을 뜻하는지 왜 모를까.

단순한 문장일 뿐이다.

그런데 지금껏 '변환'이란 단어는 시스템에서 볼 수 없던 단어였다.

가뜩이나 변환 가능한 스킬이 '시바의 칼'이라니!

불현듯 일전에 치렀던 전투가 떠올랐다.

당시에 폭발해 버린 것 같은 시체 잔해들이 남겨져 있었는데 바로 이 스킬 때문이었던 것이다.

또한 본 시대에서 데비의 칼의 본 주인이었던 일선이 칠악(七惡)을 바라봤을 시선을 생각하니 도무지 웃음을 참기 힘들었다.

일선이 속으로 칠악을 얼마나 비웃었겠냐는 말이다.

칠악의 코드명이 시바였다.

파괴의 신 시바.

맞다.

칠악의 주력 스킬이 시바의 칼이였다.

"하!"

데비의 칼은 등급이 상승될 때마다 변환할 수 있는 개수가 늘어날 것이다.

어떤 스킬들일지 생각나는 것들이 있다.

하나하나 신의 이름을 달고 나와 세상을 주름잡았던 스킬들.

그러니 그 모든 스킬로 변환 가능한 데비의 칼은…….

얼마나 사기란 말인가!

〈다음 권에 계속〉

DREAMBOOKS★

DREAMBOOKS★

DREAMBOOKS★

DREAMBOOKS★